MÉMOIRE

SUR

L'AVANT-PROJET DE DÉRIVATION

DES

EAUX D'ÉGOUT

DE LA VILLE DE PARIS

SAINT-GERMAIN-EN-LAYE

TH. LANCELIN, IMPRIMEUR-ÉDITEUR,

Rue de Paris, 27.

1876

A M. le Docteur S$_{ALET}$, *Président du Comité d'initiative.*

M$_{ONSIEUR}$ ET CHER P$_{RÉSIDENT}$,

Dans sa séance du Samedi 3 juin courant, le Comité d'initiative a décidé, à l'unanimité des membres présents, l'impression du Mémoire qui résume ses travaux.

En vous notifiant cette résolution, Messieurs les Membres du Comité croient devoir rappeler rapidement, s'en rapportant du reste à son procès-verbal, les résolutions importantes qui furent arrêtées dans la séance qui eut lieu le 7 avril dernier au Pavillon Henri IV.

Dans cette réunion, où tous les intérêts de la ville étaient largement représentés, la présidence du Comité d'initiative à former, en vue de protester contre le projet de la Ville de Paris, vous fut d'abord offerte; vous vous récusâtes, disant que dans une affaire de cette importance, il vous paraissait naturel, que la municipalité se mît à la tête de ce mouvement d'opinion. En conséquence, la présidence fut offerte à M. Pavard, membre du Conseil municipal, qui assistait à la réunion, et plusieurs de ses collègues, présents également, furent désignés comme devant l'assister.

Tout le monde approuvait ce choix, lorsque M. Pavard dit, que pour laisser à cette manifestation toute sa spontanéité, et par conséquent sa plus grande force, il valait mieux que la municipalité, comme corps constitué, n'eût pas l'air, en apparence au moins, de presser sur l'esprit des habitants. M. Pavard ajoutait, avec l'approbation de tous ses collègues présents : « dans cette occasion, comme toujours, la Municipalité marchera d'accord avec les habitants ; son dévoué concours, je crois pouvoir en prendre l'engagement, au nom de tous mes collègues, vous est dès maintenant acquis. »

Devant ces assurances, vous n'avez pas cru pouvoir refuser la charge que l'on vous imposait. La même obligation existait pour chacun de nous.

Dans cette même séance fut rédigée et acceptée par l'assemblée entière, la protestation à présenter à la signature des habitants.

Dans cette même séance fut arrêtée en principe, la rédaction d'un Mémoire définitif, avec envoi aux divers intéressés.

Séance tenante, fut acceptée encore la résolution de se mettre en rapport avec les divers pays intéressés, afin d'agir en vue d'une action commune.

La résolution prise hier soir, n'est donc que l'exécution d'une partie d'un programme, accepté par l'ensemble des habitants.

Veuillez agréer, Monsieur et cher Président, nos bien affectueuses salutations.

POUR LE COMITÉ D'INITIATIVE,

Le Secrétaire,

ANFERTE.

Saint-Germain-en-Laye, le 4 juin 1876.

MÉMOIRE

SUR

L'AVANT-PROJET

DE

DÉRIVATION DES EAUX D'ÉGOUT

DE LA VILLE DE PARIS

PAR

Le Docteur SALET,

Médecin de l'Hôpital de Saint-Germain-en-Laye, Président du Comité d'initiative.

Ce Mémoire, résumé des travaux de la Commion d'initiative, créée à Saint-Germain, se recommande à la sollicitude de MM. les Membres de la Commission d'enquête, appuyé qu'il est de la signature de 2,929 habitants de cette ville.

Voici le texte de la protestation signée par les habitants :

« Nous soussignés, habitants de la ville de Saint-Ger-
« main-en-Laye, protestons dès à présent de toutes nos
« forces contre la réalisation d'un pareil projet qui serait·
« la ruine de notre ville, nous réservant de produire, lors
« de l'enquête, les raisons d'intérêt général et particulier
« qui justifient la présente protestation. »

Suivent : 2,929 signatures légalisées.

MÉMOIRE

SUR L'AVANT PROJET DE DÉRIVATION

DES

EAUX D'ÉGOUT DE LA VILLE DE PARIS

> Le problème de l'assainissement urbain
> implique donc une condition essentielle,
> celle de ne pas nuire à ses voisins. C'est là
> un principe d'ordre public et privé.
>
> *(Rapport de M. Vauthier, page 4.)*

PREMIÈRE PARTIE.

Le 2 Mars 1876, le Conseil municipal de la ville de Paris a adopté la résolution suivante :

1° De prendre en considération le projet de dérivation des eaux d'égout jusqu'à l'extrémité nord-ouest de la forêt de Saint-Germain.

2° D'inviter M. le Préfet de se pourvoir auprès de l'autorité supérieure afin d'obtenir la mise à l'enquête dudit projet, les résultats de ladite enquête devant être soumis au Conseil municipal pour être par lui statué ultérieurement ainsi qu'il appartiendra.

Des divers rapports qui ont résumé les travaux de la sixième

2.

commission du Conseil municipal de la ville de Paris et de la discussion qui a précédé le vote, il résulte que le projet qui a été pris en considération, consiste à porter les eaux d'égout de Paris à un peu plus de 16 kilomètres de l'usine de Clichy, dans la partie nord-ouest de la forêt de Saint-Germain, où elles pourront déboucher à l'altitude de 35 mètres, limite supérieure assignée à l'irrigation.

Les irrigations dans la plaine de Gennevilliers resteraient telles qu'elles ont été établies par les divers crédits votés jusqu'à ce jour. De Clichy, la conduite principale se dirigerait vers Colombes, de là vers Bezons où elle franchirait la Seine, puis vers Sartrouville, où, après avoir longé le fleuve jusqu'au dessous du parc de Maisons-Laffitte, elle le traverserait de nouveau pour gagner la forêt. De Colombes à la forêt de Saint-Germain, trois branchements principaux se détacheraient du collecteur; le premier, se dirigeant vers Nanterre et Rueil, le second vers Montesson et le Pecq, et le troisième gagnant Achères à l'aide d'une rigole à ciel ouvert, de 7 kilomètres de développement (1).

Des rapports précédemment cités, il résulte que, sur ce parcours, les eaux d'égoût rencontreront 6,659 hectares de terres susceptibles d'être irriguées.

Ce chiffre se décompose ainsi :

Commune de Gennevilliers............	1,354 hectares.
Nanterre, Rueil................	1,550 —
Carrières, Argenteuil............	857 —
Sartrouville................	558 —
Forêt de Saint-Germain............	1,423 —
Commune d'Achères............	917 —
	6,659 hectares.

Le Conseil municipal de la ville de Paris, d'accord avec l'administration (rapport Vauthier, p. 3), a expressément réservé la ques-

---

(1) Rapport Vauthier, page 18.

tion d'exécution, jusqu'après appréciation des dires de l'enquête motivée par le projet : c'est un point fort important et sur lequel l'honorable rapporteur revient à plusieurs reprises. Cependant, dès que cet avant-projet a été connu, il s'est manifesté spontanément, sans pression d'aucune sorte, dans tous les pays désignés et même dans les localités voisines, un vif mouvement d'opposition à son exécution. Des listes de protestations ont immédiatement circulé, et riches et pauvres, bourgeois et ouvriers, cultivateurs et propriétaires, tout le monde s'est empressé de signer ces listes.

Le nombre des signataires, pour la seule ville de Saint-Germain, est de *deux mille neuf cent vingt-neuf.* Sur le registre de l'enquête, les personnes qui ont déposé les listes ont eu soin de donner la signification générale de ces signatures.

D'autre part, les Conseils municipaux de presque toutes les localités intéressées ont pris, dans les délais légaux, des délibérations ayant pour objet de donner les raisons des protestations des habitants. Appuyés de l'opinion individuelle de leurs membres et forts de l'assentiment écrit des populations, ces Conseils ont exprimé avec la plus grande énergie et la plus complète unanimité, le sentiment de réprobation que leur inspire le projet de la ville de Paris.

Nous avons pensé, qu'à côté de ces nombreuses protestations, en quelque sorte de sentiment, et en dehors des délibérations motivées des Conseils municipaux, il était utile de réunir, de grouper, dans un travail d'ensemble, toutes les raisons émises par les uns et les autres, pour justifier l'opposition que le projet de la ville de Paris a rencontré (1).

EXAMEN DES EAUX D'ÉGOUT.

Nous aborderons notre sujet par une étude aussi succincte que possible des eaux d'égout.

La ville de Paris reçoit tous les jours une quantité considérable

---

(1) Le présent Mémoire n'est que la reproduction du Mémoire manuscrit déposé à l'enquête, sauf quelques modifications de détail imposées par la manière hâtive dont ce Mémoire avait dû être rédigé.

d'eau pure. Quand les travaux de la Vanne et de la Dhuis seront terminés, cette quantité pourra être par jour de 420,000 mètres cubes.

Cette eau, ainsi que les eaux de pluie, retournent à la Seine chargées de la plus grande partie des immondices de la grande ville. Autrefois, ce retour se faisait dans Paris par une foule de branches d'égout. Depuis 1865, tous ces ruisseaux, plus ou moins considérables, ont été réunis en un seul fleuve, qui vient tomber dans la Seine, au-dessous du pont d'Asnières; c'est le grand collecteur. Son débit journalier est d'environ 260,000 mètres cubes. Ses eaux contiennent des matières solides en suspension et des matières en dissolution.

Leur proportion est, par mètre cube :

Matières en suspension, $1^k,280$;
Matières dissoutes, $0^k,820$.

La proportion d'azote est de 40 grammes par mètre cube.

A Saint-Denis, débouche un deuxième collecteur, le collecteur départemental, qui, avec quelques déjections provenant de la partie nord de Paris, emporte les eaux vannes de la voirie de Bondy, les eaux sales de Saint-Denis et de ses nombreuses usines. Ce collecteur, d'un débit journalier d'environ 45,000 mètres cubes, déverse dans la Seine des eaux bien autrement infectes que le collecteur de Clichy.

Elles contiennent, par mètre cube :

Matières en suspension, $1^k,540$;
Matières dissoutes, $1^k,992$.

La proportion d'azote est de 140 grammes par mètre cube.

L'influence des matières de vidange, dont elles se chargent à Bondy, se traduit par une quantité trois fois plus forte d'azote.

La somme totale des eaux d'égout correspond au $1/15^e$ du volume de la Seine, en temps ordinaire.

Chaque jour Paris rejette donc dans la Seine 300,000 mètres cubes d'eau contenant environ 450,000 kilogrammes de matières en suspension.

Ces matières se déposent au fond du fleuve, les plus lourdes près des bouches d'égout, où elles forment des dépôts qu'il faut draguer chaque année, sous peine d'interrompre le cours de la navigation ; les moins lourdes de plus en plus loin. Un banc de cette vase se voit jusqu'au niveau du barrage de la machine de Marly.

« Cette vase, lisons-nous, dans le rapport de la commission tech-
« nique du 12 décembre 1874, est le siége d'une fermentation ac-
« tive qui se traduit par des bulles innombrables de gaz, venant
« crever à la surface de l'eau, pendant une grande partie de l'an-
« née, et spécialement au moment des fortes chaleurs ; ces bulles
« atteignent des dimensions considérables (1 mètre à $1^m,50$ de
« diamètre). Elles entraînent la vase en s'en dégageant et amè-
« nent à la surface des matières noires et infectes qui cheminent
« ensuite à découvert avec le courant. Le passage d'un bateau
« soulève des flots d'écume et crée une véritable ébullition qui
« dure quelques minutes dans le village. »

Et plus bas, spécialement pour le collecteur de Clichy : « Le
« fond du fleuve est dans tout ce parcours garni d'une vase noire
« et fétide, gluante, peuplée de vers rougeâtres qui ne se trouvent
« que dans les eaux de vidange les plus infectes. »

Ce qu'il nous importe d'établir, c'est que les dépôts de ces vases sont une cause d'infection et d'insalubrité signalée de tout temps et admise par tous.

Sous l'influence des matières organiques qu'il contient, soit en dissolution, soit mêlées à la vase, le fleuve devient le siége de dé-compositions permanentes, qui ont pour effet de transformer en matières minérales azotées, les matières organiques végétales ou animales.

Le résultat de ces décompositions est de donner naissance, entre autres composés, à des carbures d'hydrogène, à de l'acide sulphydrique; principes qui altèrent profondément la salubrité des eaux. Ces décompositions s'opèrent aux dépens de l'oxigène en dissolution dans l'eau. Présence d'azote, diminution d'oxigène, sont les deux termes qui servent à apprécier l'infection du fleuve; le dernier n'étant que le corollaire du premier. Donnons quelques chiffres empruntés à ce même rapport, pour faire apprécier le degré et la marche de cette infection :

	Azote par mètre cube.	Oxigène cent. cub. par lit.
Pont d'Asnières, amont du collecteur..	$1^g 50$	$5^c 34$
Saint-Denis, aval des 2 collecteurs...	7 00	1 02
Saint-Germain..................	2 20	1 91
Mantes.......................	1 40	8 96

Il faut donc aller jusqu'à Mantes pour trouver la proportion d'azote du pont d'Asnières.

Débarrasser la Seine de ces causes d'infection, rendre ses eaux limpides et salubres, tel est le problème que la ville de Paris s'est vue dans la nécessité de résoudre, autant pour faire droit aux plaintes nombreuses des riverains, que pour obéir à une mise en demeure de l'État, réclamant l'exécution de la loi qui interdit aux villes et aux particuliers de polluer les cours d'eau (*ordonnance du roi, en date du 29 février 1773 et arrêt du Conseil du 24 Juin 1777.*

PRINCIPE SUR LEQUEL REPOSE L'ASSAINISSEMENT
DE LA SEINE.

Après bien des études, la ville de Paris s'est arrêtée à ce principe : *Épuration des eaux d'égout par l'action combinée du sol et de la végétation* (1), et comme conséquence : utilisation agricole des déjections de Paris.

Certes, il n'est personne qui puisse contester la vérité de ce principe. Il est évident que des eaux chargées de matières organiques, répandues dans une certaine mesure, sur un sol perméable et recouvert d'une végétation suffisante, doivent s'épurer, les matières en suspension restant à la surface, et les matières en dissolution, éminemment fertilisantes, étant absorbées par les radicelles des plantes. La théorie l'indiquait, les expériences de laboratoire faites par MM. les Ingénieurs de la ville de Paris dans les terrains dont ils disposaient autrefois à Clichy, et, aujourd'hui dans la plaine de Gennevilliers, l'ont démontré.

---

(1) « C'est dans l'action combinée du sol et de la végétation que la Commission pense qu'il convient de chercher uniquement ces solutions ». Rapport de la Commission mixte, page 13.

En protestant contre l e projet de la ville de Paris, ce n'est donc nullement le principe que nous attaquons, mais bien son extension à des quantités d'eau, qui en rendent l'application pratique impossible.

Etant donnée la nécessité dans laquelle se trouve la ville de Paris, de débarrasser la Seine des 300,000 mètres cubes d'eau sale, qu'y déversent journellement les égouts, le principe sus-énoncé est-il d'une application possible ?

C'est le point que nous allons d'abord examiner.

Puis, nous rechercherons si les résultats des expériences faites jusqu'à ce jour, par la ville de Paris, sont conformes à nos conclusions ou de nature à les infirmer.

EXAMEN DE CE PRINCIPE.

La solution du problème comprend deux données principales : le sol, la végétation.

Végétation. — Il est admis aujourd'hui que, d'une manière générale, une végétation permanente n'est pas indispensable pour purifier les eaux contenant des principes azotés en dissolution. Les couches profondes du sol exercent, paraît-il, sur ces eaux une action oxydante suffisante pour les rendre inoffensives.

M. Ronna rapporte dans son livre le détail d'expériences faites en Angleterre dans le but de connaître la faculté d'épuration de certains terrains. Dans ces expériences on a soin de tenir, à l'aide de tubes ouverts, l'intérieur des terres en contact direct avec l'air extérieur. Malgré cette condition éminemment favorable à l'oxydation, les terrains perdent assez rapidement leur pouvoir épurateur (1). C'est dire que l'action du sol sans la végétation est insuffisante.

Mais, dit-on, les substances azotées transformées ou non en sels minéraux, sont reprises par la végétation au moment de son réveil. Pour qu'il en soit ainsi, il faut évidemment que ces substances ne soient pas en quantités exagérées. La puissance d'assimilation

---

(1) Ronna « égouts et irrigations. »

des plantes n'est pas indéfinie, et nous savons que 130 à 140 mètres cubes d'eau d'égout équivalent à 1,000 kilog. de fumier, tant au point de vue de l'azote, qu'au point de vue de l'acide phosphorique ou de la potasse (1).

Nous savons d'autre part que la valeur intrinsèque de l'engrais contenu dans les eaux que débitent annuellement les égouts de Paris est de 7 à 8 millions de francs. Quelle production végétale énorme il faudra pour absorber cette richesse ! Cette végétation, si on ne veut provoquer la saturation du sol par les matières organiques, pourrait-elle être obtenue sur un espace aussi restreint que celui dont on dispose ? Évidemment non. En prenant les estimations les plus favorables, une végétation environ huit ou dix fois plus intense sera nécessaire (2).

Donc, du chef de la végétation, la solution du problème doit paraître dès maintenant fort compromise.

Sol. — Le sol est par excellence l'élément indispensable du problème, s'il vient à manquer, le problème est absolument insoluble.

Examinons si la ville de Paris, avant de se livrer à son enquête, s'est assurée un sol assez étendu en surface et d'une perméabilité assez certaine, pour absorber la quantité d'eau dont elle dispose tous les jours et dont il faut qu'elle se débarrasse quand même. La ville de Paris, d'après ses projets, prétend traverser une surface irrigable de 6.659 hectares. A-t-elle besoin de la totalité de cette surface pour y faire absorber l'eau de ses égouts ?

Cette question doit nous arrêter un instant; il faut en effet que nous sachions si la ville de Paris, peut ne pas tenir compte du refus de la plus grande partie des détenteurs du sol qu'elle aura

---

(1) Note sur l'utilisation agricole, etc., par A. Durand-Claye. Strasbourg 1870, p. 5.

(2) On regarde comme une bonne fumure un poids de 50,000 kilog. de fumier de ferme répandu tous les trois ans à la surface d'un hectare de terre arable. Ces 50,000 kilog. de fumier renferment moyennement 200 kilog. d'azote, de sorte que chaque hectare ainsi fumé consomme 67 kilog. d'azote par an. A ce compte, les 4,300,000 kilog. d'azote qui passent tous les ans au débouché de l'égout d'Asnières, suffiraient pour fertiliser 64,000 hect. de terre arable. Mémoire de l'Inspecteur général des Ponts et Chaussées, directeur des eaux et des égouts, 1875, p. 72.

à traverser, grâce à certains terrains domaniaux dont elle pourra disposer à sa guise. *En un mot, la surface de 6,600 hectares est-elle un minimum au-dessous duquel elle ne peut descendre ?*

La ville de Paris admet que 50,000 mètres cubes d'eau d'égout doivent être absorbés annuellement par un hectare en culture. Sur quelle base se fonde-t-elle pour établir ce chiffre ? Sur l'expérience qu'elle a acquise à Gennevilliers. Cette expérience est-elle suffisante ? Sur une quantité d'eau qui n'est, depuis quatre ans que durent ces expériences agricoles (1872-73-74-75), que le quart de la quantité d'eau dont elle dispose dans une seule année, elle croit pouvoir établir une opinion de cette importance. Elle a laissé quelques cultivateurs, sans expérience du mode nouveau de culture, prendre à leur convenance et sans contrôle la quantité d'eau dont ils croyaient avoir besoin, et, c'est là la base de tous ses calculs. « Après une pratique de cinq années, ce sont eux et non pas les « ingénieurs de la ville qui ont fixé la dose de 50,000 mètres « cubes (1). »

Il semble résulter de ce passage qu'une pratique de cinq années ait été nécessaire pour fixer les idées de l'administration à cet égard. Il n'en est rien, et les expériences étaient à peine commencées que déjà ce chiffre de 50,000 mètres cubes à l'hectare était arrêté. Qu'on nous permette encore une citation : « C'étaient eux qui, « par leur libre concours, par les procédés de détails qu'ils ima. « ginaient chaque jour, fixaient à la fois et le cube d'eau néces- « saire et la nature même des cultures les plus convenables. Ils « arrivaient ainsi à consommer 50,000 mètres cubes d'eau au « minimum à l'hectare (2). »

C'est sur cette donnée reproduite presque textuellement en 1875, que repose cette appréciation. Eh bien, cette donnée même n'est pas exacte, car en 1872 M. l'Ingénieur du service écrivait que la surface cultivée pour cette année était de 44 hectares 18 ares 70 centiares, sans compter les 6 hectares du domaine muni- cipal (3).

---

(1) Voir rapport des Ingénieurs, p. 4.
(2) Rapport de M. Callon, février 1872.
(3) *Journal de l'Agriculture pratique*, 31 octobre 1872, Lettre de M. A. Durand-Claye.

Or, dans le rapport du 11 Décembre 1874, de la commission d'assainissement de la Seine, nous trouvons, p. 15, que la somme des eaux dépensée pour 1872, a été de 1,500,000 mètres cubes; ce qui fait seulement 30.000 mètres cubes absorbés à l'hectare, en cette année 1872.

Mais si nous considérons l'expérience de nos maraîchers comme de trop fraîche date pour faire autorité; si nous considérons surtout que l'enthousiasme qu'ils avaient, paraît-il, montré tout d'abord, les a conduits à renoncer d'une manière absolue à l'usage des eaux d'égout (lettre du Maire de Gennevilliers, 5 mai 1876), nous devons par contre tenir compte de celle acquise par ceux qui ont fait de cette question d'arrosage spécial, une étude approfondie, et remontant à de longues années. A Lodge Farm, dont le terrain a la plus grande analogie avec le sol de Gennevilliers : sous-sol de gravier perméable, avec une très-légère couche de terre végétale, nous trouvons, sans entrer dans le détail des diverses cultures notées avec grand soin depuis longues années, que de 1869 à 1871 la moyenne de l'eau absorbée a été de 10,380 mètres cubes à l'hectare. Pour la culture particulière du ray-grass, la plus favorable à l'absorption de l'eau, la moyenne a été inférieure à 21,500.

Remarquons que dans cette exploitation les eaux moins chargées de principes organiques que celle des égouts de Paris, se débarrassent dans des bassins spéciaux des matières tenues en suspension, avant d'arriver sur les terres.

A. Breton's farm, quoique le sol ait été drainé à une profondeur moyenne de $1^m 65$, la quantité d'eau dépensée par an n'est guère supérieure à 10,000 mètres cubes par hectare.

Nous pourrions multiplier ces exemples et nous verrions que toutes les fois que l'on se trouve dans des conditions normales, la dose d'eau d'égout est de beaucoup inférieure à celle adoptée par la ville de Paris.

Dans le rapport à M. le Préfet, du 6 décembre 1875, MM. les Ingénieurs de la ville ont voulu répondre à cette critique, déjà présentée par M. Lauth, dans son contre-projet.

Nous ne pouvons entrer dans le détail de cette argumentation; M. Lauth, du reste, l'a fait avec une autorité et une lucidité parfaite, dans les discussions qui ont précédé le vote qui nous occupe. Nous ne pouvons que renvoyer le lecteur à cette discussion. Pour nous, qu'il nous suffise de dire, que quand il s'agissait d'établir une règle générale, ces Messieurs se basaient sur des exceptions, ou sur des faits n'ayant aucune analogie avec ceux de leur pratique. C'est là l'explication de l'immense désenchantement qu'ils ont éprouvé. Au lieu d'établir leurs calculs sur les estimations les plus défavorables, ainsi qu'il est ordinaire de le faire lorsqu'on marche dans l'inconnu, ils n'acceptaient que les propositions les plus avantageuses à leur thèse. Quand on parlait arrosage, ils répondaient filtrage et encore dans le cas particulier de Birmingham, la seule ville importante pouvant être comparée, mais de très-loin à Paris, M. Bailey-Denton était-il d'avis de laisser le sol soumis à une irrigation exagérée, se reposer entièrement ou en partie, pendant deux années. A Reims l'eau filtrant à travers un sol crayeux, fendillé, était imparfaitement épurée, elle passait comme à travers un crible.

Pour les marcites de Milan, pour les irrigations des graviers de la Moselle, il s'agit d'eau pure ou à peu près, et il n'y a aucune raison de comparer ces eaux avec celles des égouts de Paris.

Enfin le grand argument de MM. les Ingénieurs, celui qui semblait renverser à tout jamais les objections présentées par M. Lauth, dans son contre-projet, était le traité sollicité par M. Hope, en mars 1875, par lequel il obtenait une concession pour l'irrigation de 400 hectares dans la plaine de Gennevilliers, avec la jouissance de 50,000 mètres cubes par hectare et par an. Si l'on se rappelle que M. Hope, directeur pendant longues années de Breton's farm, est un des hommes les plus expérimentés dans cette affaire, que c'est à lui que M. Ronna a dédié son livre si remarquable : « Egouts et Irrigations, » il est clair que l'argument est sans réplique. Mais malheureusement M. Hope qui n'a jamais dépassé la dose moyenne de 11,000 mètres cubes par hectare à Breton's farm (nous ne parlons pas ici d'une expérience faite pendant quelques mois sur une toute petite surface) n'a jamais pris livraison de sa concession à Gennevilliers. Cet argument tourne donc contre ceux qui l'ont produit. Du reste M. Hope, à la dernière réunion de la Société des agriculteurs de France, a accepté comme la plus favorable, la dose de 12,500 mètres cubes à l'hectare et par an.

M. Vauthier dans le rapport qui a motivé le vote du Conseil qui nous préoccupe, ne dit-il pas lui-même, page 11, « *qu'avec les eaux actuelles, le dosage de 50,000 mètres est énorme à tous égards. »*

Nous croyons inutile d'insister davantage sur ce point ; ce que l'expérience, la vraie, prouve, établit, c'est que la dose de 12 à 15,000 mètres cubes par hectare et par an, est la seule pratique et durable. C'est du reste la seule dont les résultats aient été sévèrement controlés.

D'autres spécialistes ont pris pour terme d'approximation le chiffre des habitants. L'estimation la plus généralement admise est qu'il faut un hectare pour absorber les eaux polluées par 250 habitants (1).

Si nous acceptons l'estimation la plus haute, nous trouvons qu'il ne faudra plus à la ville de Paris 2,000 hectares, mais bien la totalité de 6,600 hectares qu'elle suppose disposée à recevoir de l'eau d'égout. Ce chiffre est donc un minimum au-dessous duquel il lui est impossible de descendre.

Ce premier point étant admis il nous reste à rechercher si la ville de Paris est dès maintenant sûre de disposer de ce minimum ou bien si au contraire, elle peut être convaincue par avance qu'elle ne saurait l'obtenir.

Les terres traversées, en grande partie louées et sous-louées, appartiennent pour une surface de 5,236 hectares à des propriétaires grands et petits ; l'Etat en possède 1,423 hectares. La ville de Paris s'est-elle assurée du concours des propriétaires ou locataires de ces terres, s'est-elle assurée du concours de l'Etat ? En un mot, pense-t-elle que la plus grande partie de ces terres, sinon toutes, seront à sa libre disposition, en a-t-elle la certitude ? Nous l'avons dit, c'est là l'élément principal de la question.

La ville de Paris va peut-être répondre que dans un avant-

---

(1) Hope, 100 à 110. — Baldwin Latham, 250. — D' Voelcher, 250. — Bailey Denton, 250.

projet, alors que le tracé définitif n'est pas arrêté, il lui a été impossible de tenter des démarches à cet effet. Mais ce que la ville de Paris n'a pu faire, les habitants l'ont accompli ; et, sans attendre la fin des études préalables, ils ont protesté en masse contre le passage du collecteur; plus ils ont été à même d'apprécier les effets des eaux d'égout, plus leurs protestations ont été énergiques. Colombes, dont les terres touchent celles de Gennevilliers, n'en veut pas ; Argenteuil qui n'est séparé que par la Seine, en veut bien pour ses voisins, mais elle déclare y renoncer d'une manière absolue pour elle-même. Construire sur son territoire 3,500 mètres de conduite, lui paraît parfaitement inutile. Et ainsi des autres localités.

Mais si on peut dire que ces pays raisonnent par pure induction, il n'en est pas de même de Gennevilliers où l'expérience dure encore et où les habitants ont pu se prononcer avec parfaite connaissance de cause. Dans cette plaine, la plus aride, mais aussi la plus perméable ; la moins peuplée d'habitations de plaisance, la plus à proximité de Paris, la plus propre en un mot à la seule culture possible par les eaux d'égout, celle des plantes maraîchères ; dans cette plaine où la ville de Paris a installé des jardins modèles, un jardin drainé, avec des jardiniers spéciaux ; où elle-même loue au mètre des terrains tout disposés pour la culture ; où la municipalité locale, qui depuis a bien changé il est vrai, a accueilli les irrigations avec satisfaction, où, au début, elle les a en quelque sorte encouragés : Eh bien ! dans cette plaine, comprise dans le projet, comme pouvant fournir 1,300 hectares de terres irrigables, de quelle surface la ville de Paris pourra-t-elle disposer ? Voici la réponse.

Mairie de Gennevilliers, 20 Juillet 1875.

« Nous adjoint, remplissant les fonctions de Maire de la commune de Gennevilliers, déclarons et certifions que sur 1,200 hectares cultivables, plus de 1,000 sont entre les mains des propriétaires et locataires qui ont renoncé à faire usage des eaux d'égout. »

Signé : RETROU.

Depuis le 20 juillet 1875, les conditions se sont-elles améliorées pour la ville de Paris? Bien au contraire, et une lettre du Maire de cette commune, en date du 5 mai 1876, établit que la ville de Paris ne dispose plus dans la plaine que de 120 hectares ; que ces terres sont cultivées par des étrangers ; que tous les cultivateurs du pays ont renoncé à l'eau d'égout, la trouvant impropre à leur culture. (Lettre du Maire de Gennevilliers au Maire d'Herblay, 5 mai 1876.)

S'il en est ainsi pour Gennevilliers, s'il en est ainsi pour les pays qui touchent cette commune, on peut se demander de quelle surface la ville de Paris disposera dans les autres localités, où le sol est déjà couvert de riches productions, où la perméabilité est bien moindre et d'où, cultivateurs, propriétaires et municipalités, la repoussent à l'envi ? La réponse est tellement facile qu'il nous paraît inutile de la formuler.

Mais il reste les 1,400 hectares de la forêt de Saint-Germain, c'est là l'unique espoir de la ville de Paris. Du reste, à en juger par ce passage du rapport de MM. les Ingénieurs : « Et nous avons « eu soin de faire ressortir le caractère tout spécial de la forêt « de Saint-Germain, terrains domaniaux, susceptibles de former « du premier coup, un vaste régulateur où se placeraient les eaux « que refuserait en route la culture LIBRE des sept à huit communes traversées », il semble qu'ils se soient adressés les objections qui précèdent, et qu'ils en aient accepté toute la gravité.

Nous avons déjà établi que cette surface ne représente qu'une fraction minime de l'espace nécessaire à l'absorption des eaux. Cependant, la ville de Paris peut-elle dès maintenant compter qu'elle en disposera? Cela nous paraît fort douteux, si nous nous rappelons surtout qu'il y a à peine 20 ans, l'Etat a sacrifié une somme de 20,000 francs pour débarrasser la forêt de quelques eaux d'égout venant de la partie nord de Saint-Germain. Mais dans cette forêt se trouve la maison des Loges, succursale de la Légion d'honneur, qu'il faudrait évidemment déplacer (1). Il y a aussi un camp, qui

---

(1) Il s'est développé à plusieurs reprises dans cette maison, dont l'état sanitaire est généralement excellent, une épidémie de fièvres intermittentes qui a frappé environ le dixième de la population. C'était notamment en 1830 et en 1848, époques pendant lesquelles les travaux destinés à faciliter l'écoulement des eaux naturelles avaient été négligés. La cause de ces épidémies résidait dans la présence de ces eaux, ainsi qu'en font foi les rapports du docteur Lamarre père, aujourd'hui chargé encore du service médical de la Maison.

de provisoire va devenir définitif, par l'installation d'une vaste caserne de cavalerie et de magasins à fourrages. La chancellerie de la Légion d'honneur, le Ministère de la Guerre ne feront-ils aucune objection à ce que cette forêt, aujourd'hui si saine, devienne le réceptacle des immondices de Paris ? C'est au moins fort douteux.

Du reste, le sol de la forêt n'a pas, à beaucoup près, la perméabilité de la plaine de Gennevilliers, dont la nappe souterraine s'est cependant si facilement exhaussée. Sous une couche de terrain de transport argilo-siliceux, déjà par lui-même, imperméable en certains points, on rencontre après avoir traversé une couche de calcaire grossier plus ou moins épaisse, un banc d'argile plastique d'une grande profondeur et parfaitement imperméable. Cette argile, reposant sur un fond de craie, atteint sa plus grande hauteur vers la plaine d'Achères, où elle se trouve bien au-dessus de la rivière ; elle va en s'inclinant jusque vers Gennevilliers, et là, elle est presque au niveau de la mer. Ces conditions sont aussi défavorables à l'absorption des eaux dans la forêt de Saint-Germain, que favorable pour la plaine de Gennevilliers, et nous savons ce qui est arrivé !

Quoiqu'il en soit, nous avons maintenant établi que la ville de Paris ne pourra disposer que d'une très-faible partie de 6,659 hectares, minimum absolument indispensable pour rester dans les conditions de son programme.

Mais eût-elle un espace plus grand encore, est-ce que la solution cherchée serait atteinte par cela même ; est-ce qu'elle pourrait incessamment y pratiquer l'irrigation ? Ne lui faudrait-il pas tenir compte du temps des labours, des semailles, du temps des récoltes, des fortes gelées, des temps de pluies prolongées ? Toutes conditions qui se présentent simultanément pour une même contrée. Et l'on estime que les champs sont dans ces conditions diverses pendant environ la moitié de l'année. Que fera-t-elle alors de ses eaux d'égoût. Les Anglais pendant les quatre ou cinq mois d'hiver n'arrosent pas ou presque pas leurs champs. Est-ce que nos cultivateurs ne seraient pas conduits à agir de même. Cette question a été jugée par d'autres que par nous. MM. Mille et A. Durand-Claye, dans « Note sur les essais d'utilisation et d'épuration des eaux d'égout de Paris » disent, page 23, en parlant de l'épuration chimique : « C'est un excellent auxiliaire, dans un service d'ensemble, « *où la culture imposera* TOUJOURS *une morte saison pour l'arrosage.* »

Cet aveu, émanant des ingénieurs chargés du service des irriga·
tions, est précieux ; il pourrait nous dispenser de pousser plus loin
tout examen sur ce point. Cependant pour ne rien omettre, nous
devons dire quelques mots du colmatage que l'on pourrait ici faire
intervenir. Examinons rapidement s'il est possible d'user de ce
moyen au moins dans des proportions en rapport avec la masse
d'eau dont on dispose ? Le colmatage consiste à faire arriver des
eaux troubles sur une terre en quantité suffisante pour y laisser un
dépôt se produire ; puis, soit à l'aide de drains ou de canaux, on dé-
rive vers un cours d'eau les eaux débarrassés des matières qu'elles
tenaient en suspension. Pour arriver à ce résultat il faut sou-
mettre les terres à des préparations préalables dont la principale
est l'endiguement, qui doit être assez complet, pour empêcher
l'écoulement des eaux sur les terres voisines. En pratique cet
endiguement est-il possible ? D'autre part, peut·on rendre à la
rivière des eaux simplement décantées ? Évidemment non, puisque
le principe toxique parfaitement soluble, y retournerait avec
elles.

L'imperméabilité du sol, à cause même de la nature du dépôt,
devant se produire à très-bref délai, que ferait-on des eaux qui
arriveraient toujours, même lorsque le niveau supérieur des digues
serait atteint. Tout cela constitue des difficultés évidemment insurmontables. Mais n'en fut-il pas ainsi, est-il possible d'admettre
qu'une surface de plusieurs milliers d'hectares, dans une région
populeuse et surtout consacrée à la villégiature, soit transformée
en un lac d'eau d'égout. Évidemment cette supposition n'est pas
possible, et le colmatage ne peut concourir en rien à la solution
du problème.

Nous venons donc de prouver :

1° Que la ville de Paris ne disposera pas de la surface minimum
nécessaire à l'absorption de ces eaux d'égout;

2° Que même dans le cas contraire, le problème qu'elle pour-
suit : assainissement de la Seine par l'action combinée du sol et
de la végétation, serait encore insoluble, puisque pendant près de
la moitié de l'année, l'irrigation est impossible quelle que soit
l'étendue du sol dont on dispose. Nous avons donc établi que ce
principe, vrai en théorie, ou quand il s'agit d'une application très-

restreinte, ne peut s'appliquer aux 300.000 mètres cubes d'eau que débitent journellement les collecteurs.

MM. les Ingénieurs semblent aujourd'hui s'être convertis à ces idées. Après avoir admis d'abord que la seule plaine de Gennevilliers pouvait absorber les 100 millions de mètres cubes qu'y auraient déversés annuellement les collecteurs et avoir même, en 1869, demandé un crédit de 10 millions à cet effet, ces Messieurs commencent à croire maintenant, que les 6.659 hectares de leur projet, pourraient ne pas leur suffire; ils prévoient la nécessité, soit de prolonger leur canal, soit de déverser le trop plein dans la Seine. A mesure que l'expérience pratique grandit, les illusions des premiers temps se dissipent !

Examinons rapidement ces hypothèses que l'on peut dès maintenant considérer comme des réalités.

Si l'on doit prolonger le canal principal, à quoi bon établir ces conduites secondaires et tertiaires dont personne ne veut dans les environs de Paris. Elles seront une dépense inutile, en même temps qu'une perte de temps, quant à la solution définitive.

Si le rejet dans la Seine des eaux d'égout devient une nécessité, où se fera-t-il ? Sera-ce à Clichy même ? Mais alors pourquoi ce système de canaux, établi à si grands frais et malgré de si unanimes protestations ? Pourquoi l'installation de machines coûteuses et l'entretien d'un personnel nombreux ?

Sera-ce à l'extrémité de la conduite ? Dans ce cas on infectera d'abord toute une riche contrée, qui vit surtout de la villégiature; on dépensera des sommes énormes de combustible pour déplacer tout simplement l'infection de quelques lieues, et le but poursuivi, assainissement du fleuve, n'aura nullement été atteint. Après avoir perdu beaucoup de temps et beaucoup d'argent on se trouvera en face des mêmes difficultés.

Mais, dit-on, l'époque pendant laquelle l'irrigation n'est pas possible, concorde avec celle où le déversement des eaux d'égout dans la Seine est sans inconvénient pour les riverains.

Cette assertion ne nous paraît pas soutenable. En effet, l'infection du fleuve résulte moins des matières dissoutes dans l'eau, matières qui se modifient à chaque instant de telle sorte qu'elles sont promptement détruites par l'oxydation, que des dépôts de vase, dont les inconvénients et les propriétés toxiques ont été si bien résumées par M. A. Durand-Claye, dans le rapport de la Commission-mixte. En déversant de l'eau d'égout dans la Seine, on y déverse toujours et quand même de ces vases. Or, à mesure que leur dépôt augmente, l'infection gagne en étendue :

« En 1868, la Seine était déjà, le plus souvent, dépeuplée de « poissons, depuis Clichy jusqu'à Saint-Denis, dans un espace de « 5 kilomètres ; en juillet 1869, leur mortalité s'est étendue jus- « qu'au barrage de Bezons, dans un espace de 17 kilomètres. Cette « année, le 10 juin, à Marly, les employés de la machine hydrau- « lique ont enlevé quatre-vingt hectolitres de poissons morts qu'ils « ont enfouis, conformément à la circulaire télégraphique de « M. l'ingénieur Foulard. Le 7 juin 1874, la mortalité a dépassé le « Pecq, et s'est produite sur une étendue de 33 kilomètres. » (Rap- port à M. le Préfet de police, par M. Félix Boudet, 1874. Page 13.)

Partout où les sables du fond de la Seine sont noirs et fétides, la salubrité du fleuve est compromise. (Voir même rapport, page 11). Ainsi les progrès de l'infection marchent parallèlement avec les progrès de l'envasement du fleuve.

Mais si les vases déposées au fond du fleuve corrompent les eaux, nous savons combien sont pernicieuses pour la santé publi- que celles qui sont mises à découvert. En présence de ces faits, on est bien forcé d'admettre que l'assainissement du fleuve exige avant tout que les vases n'y soient plus déversées ; car, quelle que soit la hauteur du fleuve, ces vases se déposeront toujours et, soit qu'elles gagnent le fond du fleuve, soit qu'elles émergent plus tard sur les rives, l'infection persistera.

Pous terminer ce débat, qu'on nous permette de citer ici l'opinion d'un homme dont certes, les dires ne peuvent être suspectés ; M. le docteur Piétra-Santa, le zélé admirateur de l'œuvre de Gennevilliers, écrivait (1) : « Toutefois, ne perdons pas de vue que, pour l'assai- « nissement complet de la Seine, il est indispensable que les « eaux d'égout en soient détournées en totalité. »

C'est aussi clair que précis.

Nous ne saurions trop appeler l'attention de MM. les conseillers

---

(1) Journal d'Hygiène, année 1876, page 28.

municipaux de la ville de Paris sur ces divers compromis. Il ne s'agit plus maintenant, à l'aide d'une dépense de 7 millions qu'il faut immédiatement porter à plus de 10, au dire même de l'honorable rapporteur de l'avant-projet (1), de pourvoir à l'assainissement définitif de la Seine, mais de prendre une demi-mesure dont les résultats peuvent être dès aujourd'hui considérés comme des plus insuffisants.

EXAMEN DES EXPÉRIENCES ET HISTORIQUE.

Mais reprenons notre étude. Nous devons maintenant rechercher si les expériences instituées par la ville de Paris sont favorables à notre conclusion ou viennent l'infirmer.

Les premiers essais, faits à Clichy, ont été dirigés par MM. Mille et Durand-Claye ingénieurs des ponts et chaussées, sur une étendue d'environ un hectare et demi ; 500 mètres cubes d'eau d'égout étaient élevés tous les jours, une partie servait à l'irrigation, une autre aux expériences d'épuration par les procédés chimiques, notamment par le procédé préconisé par M. Le Châtelier. Ces expériences qui durèrent deux années environ de 1865 à 1867, furent ainsi jugées par M. Belgrand : « Elles n'avaient pas été heureuses, « elles n'avaient rien démontré. » Le champ d'observation n'était pas assez étendu. La municipalité de Paris accorda un premier crédit de 800,000 francs, et dès le 1ᵉʳ juin 1869 les expériences furent instituées sur des bases plus larges. La ville de Paris avait d'abord loué, puis elle acquit un terrain de six hectares environ, dans la plaine de Gennevilliers ; elle fit creuser de vastes bassins d'épuration et 5 à 6,000 mètres cubes d'eau furent journellement élevés par des machines de la force de 40 chevaux, une partie servant à l'irrigation, un autre étant soumise au traitement par le sulfate d'alumine. A la fin de 1869, les expériences d'épuration furent abandonnées : elles étaient trop coûteuses, disaient MM. les Ingénieurs, (un centime par mètre cube d'eau d'égout), et épuraient imparfaitement les eaux, dont les principes toxiques en dissolution

---

(1) Voir Rapport de M. Vauthier, page 19.

étaient rendus à la Seine. Elles n'ont pas été reprises depuis et toute l'eau élevée a été employée à la culture, soit sur le domaine de la Ville de Paris, soit sur les terres avoisinantes.

Dès ce moment, en 1869, le problème de l'assainissement complet paraissait résolu aux yeux de MM. les Ingénieurs de la ville, et il était établi pour eux que la totalité des eaux d'égout de Paris devait être épurée par la seule plaine de Gennevilliers, puisque un hectare pouvait absorber 50,000 mètres cubes par an et que la totalité des terres irrigables dans la plaine se trouvait être de 2,000 hectares. D'une expérience très-courte, faite sur 5 à 6,000 mètres, ils concluaient favorablement pour 300,000. Une demande d'un crédit de 10 millions fut même déposée à cet effet. Quels regrets, aujourd'hui que ces mêmes ingénieurs reconnaissent la nécessité de 6,600 hectares, si ce projet avait été exécuté !

Mais survinrent les désastreux événements de la guerre. En 1871, les études furent reprises, et, en 1872, M. Callon, président de la sixième commission du Conseil municipal de Paris, écrivait les lignes suivantes à l'appui du crédit de un million qu'il demandait à la ville : « Tout en n'exécutant que des travaux utilisables
« dans le système définitif, tout en se servant intégralement des
« installations déjà faites à Clichy et à Gennevilliers, il est pos-
« sible, moyennant une dépense de un million, de faire faire un
« pas définitif à la question, de constituer une *vaste expérience*
« qui ne s'appliquera pas à moins du tiers des eaux d'égout, c'est-
« à-dire aux eaux impures correspondant au tiers de la popula-
« tion parisienne, soit 600,000 ou 700,000 âmes. Sur cette échelle
« la démonstration sera péremptoire et répondra certainement,
« dans les circonstances présentes, à la décision ministérielle que
« nous avons citée. Si quelques erreurs se sont glissées dans les
« études antérieures, si quelques appréhensions et quelques doutes
« restent dans l'esprit des populations, si l'on s'est fait quelque
« illusion sur la valeur et la facile réalisation des procédés agri-
« cole et chimique, toutes ces imperfections apparaîtront et nous
« ne serons pas exposé, comme nous le serions aujourd'hui, à
« passer peut-être trop vite d'une simple expérience de 6,000 mè-
« tres cubes à un service de 260,000 mètres cubes, c'est-à-dire
« quarante ou cinquante fois plus important. C'est dans cet esprit
« que M. le Préfet a soumis à votre commission le projet actuel.
« C'est dans cet esprit que votre commission vous en soumet à

« son tour les traits principaux auxquels elle donne son appro-
« bation. »

De ces paroles si claires et si lucides, il résulte ce fait bien précis, que la seule raison de ce vote de un million était d'instituer
une *vaste expérience* qui levât tous les doutes, aussi bien aux parti-
sans qu'aux détracteurs du système des irrigations.

Ce vote ouvrait une période nouvelle aux expériences. — Les pré-
cédentes, ainsi que l'avait dit M. Belgrand, n'avaient rien prouvé.
Dès ce jour, elles pourraient avoir une signification précise résultant et de leur importance et de leur durée.

Cette dépense de un million était affectée, pour 400,000 fr., à la
dérivation de l'égout de Saint-Denis, qui, arrivant par le seul effet
de la pente, venait déverser dans la plaine une quantité d'eau
s'élevant en moyenne à 45,000 mètres cubes par jour, mais variable d'une saison à l'autre ; 600,000 fr. étaient destinés au collecteur de Clichy, et les travaux, accomplis de ce côté, permet-
taient d'espérer que 43,000 mètres cubes d'eau pourraient être
journellement élevés et même plus si l'expérience l'exigeait. On
devait donc disposer en tout d'environ 90,000 mètres cubes d'eau
par jour.

Avant d'adopter la proposition de M. Callon, le Conseil examina
s'il ne serait pas possible de se borner à voter les 400,000 fr. affectés
au collecteur de Saint-Denis. MM. les Ingénieurs intervinrent et di-
rent : « Qu'ainsi l'expérience se trouverait réduite à des proportions
« absolument insuffisantes. Il leur fallait faire absorber par le sol
« la totalité de l'eau pour juger des résultats (1). » Nous ne saurions trop insister sur ce point.

En même temps que ce vote avait lieu, la ville de Paris signait
avec la commune de Gennevilliers un traité qui lui permettait
d'étendre son champ d'irrigation.

Ainsi se trouvaient réunis tous les éléments de cette expérience
d'où devait dépendre le sort du système. D'une part, on disposait
de l'eau nécessaire ; de l'autre, on s'était procuré la faculté d'avoir
des terres où la répandre. A ce moment-là que pensaient MM. les

---

(1) Rapport de M. Callon.

Ingénieurs de l'épreuve si importante qu'ils allaient commencer ? Ils étaient convaincus de sa réussite. Pour eux il existait si peu de doutes, que M. A. Durand-Claye, le 31 octobre 1872, croyait pouvoir répondre victorieusement, en apparence, à M. l'ingénieur Ronna, qui avait osé faire quelques critiques, par les deux tableaux suivants.

TABLEAU I. — Irrigation des Terrains en 1872.

NOMS DES PARTICULIERS	NATURE DES CULTURES.	CONTENANCE		
		HECT.	ARES	CENT.
Joliclerc.....	Choux, chouxfleurs, haricots, carotes, salades................	6	97	33
Lehée.......	Choux et salades.............	11	75	22
Massignon ...	Menthe, absinthe, camomille......	1	68	71
Varangot.....	Choux, pommes de terre, carottes, haricots..................	1	87	60
Aug. Royer..	Menthe, asperge, pommes de terre, seigle..................	2	05	14
Retrou (d'Asnières)	Blé, avoine et navets...........	6	56	50
Durieux, id..	Betterave et seigle.............	2	10	72
Vᵉ Delpeut, id.	Id.	1	89	57
Vidal, id.....	Id.	1	11	25
René Retrou (Genevillers)	Luzerne.................	»	97	36
Tholomier ...	Choux, pommes de terre, haricots, salades..................	»	67	45
Poisson......	Seigle et pommes de terre.......	»	95	54
Picq	Choux, pommes de terre.........	1	49	06
Paris........	Choux, pommes de terre, carottes, salades..................	»	34	19
Louvard.....	Choux, pommes de terre.........	»	69	38
Boursier.....	Pommes de terre, seigle.........	»	62	77
Decaux......	Id.	»	34	19
Vital.......	Choux, pommes de terrre, carottes.	1	12	24
Briffault.....	Choux, pommes de terre.........	»	43	55
Justin Royer..	Choux, haricots, pois, etc........	»	39	34
Denis Royer..	Asperges.................	»	40	45
Dezert.	Pommes de terre, seigle.........	»	31	34
	Ensemble.....	44	78	70

Plus 6 hectares appartenant à la ville de Paris.

TABLEAU II. — Demandes d'irrigation pour 1873.

Nos d'ordre	NOMS DES PARTICULIERS	SURFACE	CUBE JOURNALIER	CUBE ANNUEL
1	Soc, Joliclerc, Brüll.........	400	70,000	25,400,000
2	Lebée.....................	100	13,700	5,000,000
3	Chardin, Hadancourt.........	20	2,740	1,000,000
4	Veuve Retrou...............	8	1,096	400,000
5	Vital.....................	7	959	350,000
6	Vidal.....................	7	959	350,000
7	Royer (Auguste)............	6	822	300,000
8	Veuve Delpeut.............	6	822	300,000
9	Durieux...................	4	548	200,000
10	Barret....................	3	411	150,000
11	Tholomier.................	2	274	100,000
12	Royer (Justin),............	2	274	100,000
13	Gillet....................	2	274	100,000
14	Decaux...................	1.5	205	75,000
15	Paris.....................	1	137	50,000
16	Louvard..................	1	137	50,000
17	Picq.....................	1	137	50,000
	Totaux.....	571,5	93,495	33,975,000

Nous avons cru devoir reproduire ces tableaux ; ils précisent
bien les faits. D'une part, ils établissent l'état des irrigations avant
l'application des fonds votés à la suite du rapport de M. Callon ;
d'autre part, ils montrent les résultats que MM. les Ingénieurs du
service comptaient obtenir par l'effet de ce vote. Ainsi, les irrigations qui, avant 1872, ne s'étendaient que sur une surface de
50 hectares, devaient brusquement en envahir 571. L'absorption
de l'eau devait suivre la même progression : de 5 à 6,000 mètres
cubes par jour, elle devait monter tout d'un coup à 93,495.

Voici du reste comment s'exprimait à cet égard M. l'Ingénieur
du service dans la lettre dont sont tirés les tableaux précédents :
« Enfin, nous faisons actuellement un service de 10,000 mètres
« cubes par jour, supérieur à tout service anglais, et dans trois
« mois, nous ferons un service de 90,000 mètres cubes, égal, à

« lui seul, à la totalité du cube exploité dans l'ensemble des
« principales villes anglaises, vouées à l'exploitation agricole du
« sewage. »

Suivons pas à pas ces expériences : « Le problème de l'assai-
« nissement de Paris pivote actuellement sur la question de
« Gennevilliers (1). » C'est donc à Gennevilliers que nous devons
nous transporter. Voyons d'abord les actes officiels :

Par un traité, en date du 12 juillet 1872, la commune de Gennevilliers autorise, pour trois ans, la ville de Paris à établir sur
ses digues les conduites d'eau d'égout. Après l'adoption des conclusions du rapport de M. Callon, un nouveau traité est signé, le
16 juillet 1873, pour une durée de 10 ans. En voici les dispositions principales.

Art. III.

La ville de Paris devra faire en sorte que les passages d'eau par elle
pratiqués, soient établis de façon à éloigner tout danger d'inondation ;
elle ne pourra déverser les eaux d'égout que sur les terres dont les propriétaires consentiraient à recevoir lesdites eaux, soit à titre de passage,
soit à titre d'irrigation.

Il demeure expressément entendu entre les parties que les autori-
sations ci-dessus n'ont été accordées par la commune de Gennevilliers
qu'à titre purement provisoire, pour faciliter, *mais à titre d'essai seulement*, les expériences entreprises par la ville de Paris pour l'utilisation
des eaux d'égout.

Art. IV.

M. le Préfet au nom de la ville de Paris, reconnaît qu'aucune enquête
n'ayant été faite, la commune de Gennevilliers reste *dans la plénitude
de ses droits* pour pouvoir réclamer plus tard contre le déversement des
eaux d'égout sur la commune, dans le cas où *l'insalubrité* et *l'incommodité* desdites eaux viendraient à être reconnues, auquel cas la ville de
Paris les retirerait, soit dans ses bassins d'épuration établis à Asnières,
soit dans les autres bassins qu'elle se proposait d'établir près du pont
d'Argenteuil et en face Epinay.

Art. V.

Par suite, la présente convention n'aura d'effet que pour *dix années*,

---

(1) Rapport de M. Vanthier, p. 13.

durée jugée nécessaire pour les expériences tentées par la ville de Paris,
sauf à être renouvelées ultérieurement lorsque les parties auraient pu
se rendre compte des expériences.

A la fin de sa jouissance et en cas de cessation du service, la ville de
Paris devra à ses frais enlever les tuyaux, matériaux et caniveaux,
qu'elle aurait pu établir, soit dans les chemins, soit sur les particuliers
et rétablir les chemins, digues et terrains dans leur état primitif.

Remarquons que si d'une part la ville de Paris trouve dans la
plaine de Gennevilliers le champ d'observations dont elle a besoin,
d'autre part, la commune de Gennevilliers prend toutes les précautions possibles pour se garantir contre les inconvénients qui pourraient résulter pour elle de cette expérience. Remarquons encore
que dans ce traité, acte important pour la ville de Paris, il est reconnu que pour *être concluantes* les expériences doivent avoir une
durée minimum de dix années, c'est-à-dire, que la décision prise
aujourd'hui par la ville de Paris n'aurait dû se produire, même en
présence des résultats les plus favorables, qu'en juillet 1883.

Que sont cependant ces premiers résultats ?

Ils se bornent à ceci : jusqu'en mars 1873, la consommation de
l'eau varie toujours entre 5 à 6,000 mètres cubes par jour. A partir
de cette époque, elle atteint le chiffre de 20 à 25,000 mètres cubes,
puis reste sensiblement stationnaire. Pendant l'année 1874, cette
moyenne, au lieu d'augmenter, tend plutôt à décroître (1).

Nous sommes loin des 90,000 mètres cubes sur lesquels on comp-
tait si bien.

Que fait cependant la ville de Paris, en face de cette situation si
peu prévue ? Le Conseil municipal vote, dans ses séances des 5 et
20 novembre 1874, une nouvelle somme de un million, qui est por-
tée ensuite à 1,117,000 fr., à l'effet de développer ce système d'irrigation au point de l'étendre sur 1,000 hectares, c'est-à-dire qu'elle
se donne la faculté de faire absorber, par la plaine de Gennevilliers,
150,000 mètres cubes d'eau par jour.

Ainsi, malgré les termes si précis de son traité, qui fixait une
durée de dix années aux expériences, avant de pouvoir en tirer
une conclusion quelconque, malgré le dire de MM. les Ingénieurs,

---

(1) Voir annexe 10 du rapport de M. Bergeron.

qui, en 1872, regardaient l'absorption de 90,000 mètres cubes
d'eau par jour comme indispensable pour se faire une opinion sur
l'efficacité du système, la ville de Paris, il faut bien le constater en
présence des faits, agissait comme si cette efficacité était dé-
montrée. Pour être juste, il faut reconnaître que si on ne tient pas
compte des faits, la raison de sa détermination ressort des dires de
la commission mixte. En effet, cette commission s'exprimait ainsi le
12 décembre 1874 : « Elles établissent (les expériences) non seu-
« lement la puissante végétation produite par les arrosages, mais
« encore leur parfaite innocuité sous le rapport de la salubrité,
« ainsi que la parfaite épuration des eaux qui reviennent à la ri-
« vière (1). »

Malheureusement tel n'était pas l'avis des principaux intéressés,
et, le 28 décembre 1874, la commune de Gennevilliers dénonçait,
à l'unanimité de son Conseil municipal, le traité qui la liait à la
ville de Paris, sous prétexte d'*incommodité* et d'*insalubrité*.

La ville de Paris ne tint nul compte de cette dénonciation. La
commune de Gennevilliers recourut à toutes les juridictions, mais
en vain. Enfin, lasse de frapper à toutes les portes, elle s'adressa
à l'Assemblée nationale, où sa pétition fut l'objet du rapport de
M. Petcau, demandant que la pétition des habitants de la commune
de Gennevilliers, portant 414 signatures, fût renvoyée à l'examen
des ministres de l'intérieur et des travaux publics. En même temps
que cette dernière, une autre pétition, portant 305 signatures et
émanant des habitants d'Asnières, de Clichy, de Saint-Ouen était
adressée à l'Assemblée et réclamait l'extension des irrigations, afin
d'assainir la Seine.

M. Caillaux, ministre des travaux publics, prenant la parole,
s'exprime ainsi (séance du 18 novembre 1875, compte-rendu du
Journal officiel) : « J'ai l'honneur de vous déclarer, Messieurs, que
« M. le Ministre de l'intérieur et moi acceptons ce renvoi, étant
« entendu que, malgré ce renvoi, la question reste entière, qu'elle
« n'est en aucune façon préjugée dans le sens de l'une ou de l'au-
« tre des deux pétitions dont il vous a été donné lecture, et qu'une
« enquête publique, qui aura prochainement lieu, permettra de la
« juger, de la résumer et de la résoudre définitivement, après

---

(1) Rapport de la commission mixte, page 22. A. Durand-Claye, rapporteur.

« avoir donné à toutes les réclamations le temps et les moyens de
« se produire. »

Ainsi les habitants de Gennevilliers avaient atteint ce premier
résultat, qu'avant de pousser plus loin les travaux, avant de
dépenser 1,117,000 francs, votés en 1874, et d'étendre à 1,000
hectares de terre la possibilité de les irriguer, une grande enquête
serait ouverte. Cette enquête si solennellement promise par M. le
Ministre de l'intérieur aux habitants de cette malheureuse commune, cette enquête n'a jamais eu lieu. L'enquête actuelle n'a
aucun rapport avec celle annoncée à cette époque, puisqu'elle
s'applique à des projets qui n'existaient pas alors.

Arrivés à ce point de notre travail, qu'on nous permette de
sortir un instant de notre sujet.

La municipalité de Gennevilliers avant de conclure ces divers
traités s'était, paraît-il, assurée de certains avantages : avantages
pécuniaires, frais de pont et frais de construction d'immeubles
communaux supportés par la ville de Paris.

Avantages en nature : elle se déchargeait en partie de l'entretien de ses digues et de certains de ses chemins. D'un autre
côté elle avait pris, semble-t-il résulter de la teneur de son traité,
toutes les garanties possibles de préservation.

Elle a profité de ces divers avantages, mais nous savons à quoi.
lui ont servi ses précautions. L'incommodité dont elle souffre, on
ne veut pas la voir, l'insalubrité qui l'envahit, on ne veut pas y
croire. Pour nous tous, habitants de la contrée menacée, qui n'avons
du reste rien à demander à la ville de Paris, nous pouvons juger
du sort qui nous attend, par le sort actuel de Gennevilliers. Par
avance, nous pouvons en être convaincus, toutes les garanties,
toutes les suretés que nous demanderons, on nous les accordera.
A quoi nous serviront-elles ?

Regardons vers Gennevilliers, là est la réponse !

Aussi ne saurions-nous trop insister auprès de nos représen-
tants, auprès de nos conseillers généraux, auprès de nos députés,
de nos sénateurs, des membres de la commission d'enquête, pour
leur dire : Nous ne voulons du projet de la ville de Paris à aucune
condition, nous le repoussons tout entier de toutes nos forces ; une
seule branche perpendiculaire au collecteur et notre belle contrée,
qui ne vit que par la villégiature, est à jamais ruinée.

Ainsi, au bout de trois années, voilà le résultat brutal de ces expériences : elles provoquent la répulsion des habitants de la localité, et elles sont rejetées comme incommodes et insalubres par l'unanimité de la représentation communale, et la ville de Paris, après des sacrifices énormes, au lieu d'avoir diminué de moitié l'infection du fleuve, n'est guère plus avancée qu'au premier jour.

Mais, dira-t-on, comment se fait-il que dans tous les rapports officiels traitant de la question des irrigations, les appréciations émises sur le résultat des expériences que nous venons d'analyser, répondent si peu aux faits directement observés ? Si nous ne tenions la personne et l'esprit de MM. les Ingénieurs de la ville en la plus haute estime, nous ne voudrions pas en exprimer l'explication suivante ; mais nous avons d'eux une telle opinion que nous osons l'aborder sans détour. Ces Messieurs ont exécuté ou exécutent les travaux, conduisent les opérations, dirigent les expériences. Puis, quand il faut en apprécier les résultats, en tirer les conclusions (nous ne parlons évidemment que du cas particulier de l'assainissement de la Seine par les irrigations), ce sont encore MM. les Ingénieurs qui interviennent. C'est M. A. Durand-Claye qui est à la tête du service de Gennevilliers, et c'est précisément M. A. Durand-Claye qui a rédigé le rapport de la commission technique de 1874 qui apprécie si favorablement le résultat de ces opérations. C'est encore M. A. Durand-Claye qui est rapporteur de cette même commission, lorsqu'elle juge les travaux de M. Ducuing. C'est encore M. A. Durand-Claye qui rédige la réponse au contre-projet de M. Lauth, et c'est M. A. Durand-Claye qui écrivait, le 31 octobre 1872, dans sa lettre à M. Ronna, au sujet des opérations de Gennevilliers : « *C'est que je me suis donné corps et âme à l'œuvre que je poursuis.* » Certes nous ne pouvons que féliciter M. Durand-Claye de professer de tels sentiments pour les travaux dont il est chargé ; mais pour nous, qui étudions en ce moment cette question dans son ensemble, nous ne pouvons nous empêcher de remarquer, qu'un tel rapporteur, a dû à son insu et malgré la plus grande indépendance possible d'esprit et de caractère, être un peu trop juge et partie dans cette affaire. Instituer à grands frais une expérience dont les conséquences peuvent être de bouleverser aussi bien le budget de la ville de Paris, que les conditions vitales de toute une contrée, et, nommer rapporteurs de cette expérience, les personnes qui se sont dévouées corps et âme à sa réussite, est évidemment s'exposer à avoir sur les résultats atteints des conclusions que l'on pouvait prévoir à l'avance. Voilà, à notre avis, les causes principales de tous ces malentendus.

En résumé la ville de Paris a voté :

En 1869................	800,000 fr.
En 1872................	1,000,000 »
En 1874................	1,117,000 »
	2,917,000 fr.

L'objet de ces fonds est parfaitement précisé par M. le rapporteur de la commission mixte : « La Commission a constaté que « les fonds nécessaires à l'opération, étaient dès à présent en « gagés pour la plupart et qu'ainsi l'assainissement de la Seine « pouvait être considéré comme certain, au moins pour la moitié « de ses eaux. (1) »

Voilà qui est précis : en échange de **2,917,000 fr.**, sans compter les frais de personnel, de combustible, etc., **MM.** les Ingénieurs assurent qu'on peut considérer comme acquis ce point : soustraction à la Seine de 150,000 mètres cubes d'eau d'égout par jour.

Nous savons qu'au lieu de 150,000 mètres cubes, ils n'en dépensent que 25,000, autrement dit : un douzième au lieu de un demi ; c'est-à-dire, une quantité insignifiante par rapport à l'assainissement de la Seine.

Est-ce que ce résultat n'est pas de nature à inspirer pour l'avenir une juste défiance ?

Est-ce que MM. les Conseillers municipaux, avant de voter un nouveau crédit de 7 millions, qu'ils peuvent dès maintenant considérer comme devant s'élever à plus de 10 millions, ne doivent pas craindre que cet énorme crédit qu'on leur demande ne produise pas d'effets plus utiles que ceux précédemment votés ? Ne doivent-ils pas hésiter à s'engager plus à fond dans la voie suivie, sans demander non pas une expérience, mais *l'expérience* de ce qui existe. Ne peuvent-ils redouter, s'ils se décident à agir sans avoir

---

(1) Rapport de la Commission mixte, p. 18.

acquis la certitude que, dans les circonstances présentes, les faits
seuls peuvent et doivent leur donner, que plus tard on ne les rende
responsables du temps perdu et de l'argent dépensé inutilement ;
quant à présent ne doivent-ils pas se borner à dire : La ville de
Paris a fait ce qu'elle devait : les crédits votés ont été dépensés,
que MM. les Ingénieurs exécutent leurs promesses si formelles, et
nous verrons après !

DEUXIÈME PARTIE

Dans la première partie de notre travail nous nous sommes
occupé du projet présenté, surtout par rapport aux conséquences
qu'il pouvait avoir pour la ville de Paris.

Dans cette deuxième partie nous l'examinerons au point de vue
de conséquences qu'il pourrait avoir sur les pays destinés à subir
les irrigations.

Le sort de ces pays devant être semblable à celui de Gennevilliers, nous devons étudier d'abord la situation faite à cette commune, nous jugerons par là celle qui nous attend.

Puis, nous rechercherons l'influence que les irrigations peuvent
avoir, d'une manière générale, sur les campagnes traversées et sur
les villes voisines des canaux de dérivation.

Enfin, nous nous demanderons si la ville de Paris n'a pas un
autre moyen de résoudre son difficile problème.

La commune de Gennevilliers a dénoncé son traité, se basant
sur ces deux raisons: *Incommodité, insalubrité.* Voyons si ces
plaintes étaient fondées.

INCOMMODITÉ

De tout temps la nappe des eaux souterraines était à Gennevilliers à une profondeur variant entre 4 mètres et 4^m, 50. Ce fait est
indiscutable ; il résulte de toutes les dispositions locales. Il y avait

bien autrefois, comme dans tous les pays situés dans les parties basses de la vallée de la Seine, à la suite des inondations, exhaussement de cette nappe, mais ce phénomène était purement passager, accidentel ; la cause venant à cesser, l'effet ne tardait pas à disparaître.

Depuis 1873, la nappe souterraine s'est élevée peu à peu de 2 mètres ; il se produit des oscillations qui varient en plus ou en moins de 50 centimètres, mais sur un niveau préalablement exhaussé de 2 mètres.

Ce qui était l'exception autrefois est devenu aujourd'hui la règle générale.

Les conséquences de cette situation n'ont pas tardé à se produire.

Les carrières à sable sont inondées, le niveau des pièces d'eau et des mares surélevé, les caves envahies ; l'eau de cette nappe d'une impureté relative, vient polluer l'eau des puits. Dans une usine, dont les fourneaux sont en sous-sol, le puits qui servait autrefois à alimenter les chaudières déborde ; pour que les grilles ne soient pas envahies et les feux éteints, il faut pomper jour et nuit. Dans les jardins l'eau émerge par les trous perdus situés dans les parties déclives et qui servaient autrefois à l'écoulement des eaux de pluie. Dans le cimetière les caveaux sont pleins d'eau. Le sieur Langelier, entrepreneur de tumulaires, certifiait le 31 juillet 1875, qu'il ne pouvait plus établir qu'à $2^m,50$ le fond des caveaux qu'il établissait autrefois à $4^m,40$. Les immeubles dont les fondations sont constamment plongées dans l'eau paraissent souffrir, leur solidité est compromise. Voilà les faits.

La commune de Gennevilliers les a fait constater en février 1875, par ministère d'huissier. La ville de Paris a attendu le mois de septembre pour les faire infirmer par ministère d'huissier également. A ce moment ainsi que cela résulte des documents de la Ville de Paris (1), la nappe était à son plus bas et elle n'avait baissé, depuis février, que de cinquante et quelques centimètres. Du reste, très-peu de temps après, les inconvénients signalés revenaient de plus belle ; aujourd'hui, ils sont plus grands qu'ils n'ont jamais été.

Aux yeux des membres de la commission technique, les faits se sont réduits à ceci : « Quelques carriers ont prétendu que le niveau

---

(1) Voir annexe 10 du rapport de M. le docteur Bergeron.

« de la nappe qu'on rencontrait de tout temps à une faible pro-
« fondeur au-dessous du sol se serait relevé depuis les irrigations ;
« ces plaintes, nées au milieu des inondations 1872-73, à un
« moment où le système d'irrigation ne fonctionnait pas, ne por-
« tent du reste que sur un fait purement mécanique qui n'intéresse
« à aucun titre le principe même ou le résultat hygiénique de
« l'opération ; c'est un point de détail dont l'examen revient aux
« agents de la Ville de Paris et auquel il serait facile de remédier
« par *quelques drains*, si contrairement aux faits actuels, une
« pareille surélévation venait à se produire d'une manière per-
« manente. » (1)

Quelque admiration que nous ayons pour les travaux de cette commission, nous ne pouvons nous empêcher de remarquer que, *quelques* DRAINS, pour une étendue qu'ils supposent devoir être de de plus de 1,000 hectares, pourraient bien être insuffisants.

La Ville de Paris a voulu établir que cette surélévation de la nappe souterraine, ne pouvait être imputée à ses irrigations ; elle serait, d'après elle, liée aux crues du fleuve et dépendrait surtout de l'eau qui tombe sur la totalité de la presqu'île depuis le Mont-Valérien, son point culminant. Voici son explication : l'eau qui tombe sur cette surface se divise en deux parties, l'une qui s'écoule directement à la Seine et l'autre qui s'infiltre dans le sol. Ce sol s'incline jusque vers Gennevilliers et l'eau suit cette pente naturelle, c'est pourquoi, quelque temps après les grandes pluies, la nappe souterraine s'élève à Gennevilliers.

Nous ne nous refusons pas à admettre que les grandes pluies puissent avoir une certaine influence, influence tout à fait passagère comme les pluies elles-mêmes, mais MM. les Ingénieurs nous accorderont, nous en sommes sûrs, que si l'eau qui vient du Mont-Valérien, à travers les profondeurs du sol, peut surélever la nappe souterraine, celle qu'ils versent directement sur la plaine, doit *a fortiori* produire le même résultat. Non-seulement elle agit par sa masse même, mais encore par l'obstacle qu'elle apporte à l'écoulement des eaux naturelles.

Cette question paraitra jugée aux yeux de toute personne non prévenue. L'incommodité dont se plaint de ce chef la commune de Gennevilliers est donc bien réelle.

---

(1) Rapport de la Commission mixte, page 13.

INSALUBRITÉ

Voyons d'abord les faits invoqués par la municipalité de Gennevilliers : Il résulte des certificats de MM. les docteurs Perrier, Jouliés, exerçant à Gennevilliers, de M. le docteur Bouts, exerçant à Colombes et Bois-Colombes, que le nombre des cas de fièvres intermittentes s'est considérablement accru depuis 1872. Ces fièvres qui n'existaient autrefois qu'à l'état sporadique, y règnent maintenant à l'état endémique. A l'appui de leur dire, ces Messieurs ont recueilli 69 observations de fièvres intermittentes, chiffre considérable par rapport à la population. Ces observations ont été relevées par MM. Danet, Bastin et G. Désarènes. M. Roy, pharmacien à Asnières, certifie, d'autre part, qu'avant l'année 1870 il fournissait à ses clients de Gennevilliers des quantités insignifiantes de sulfate de quinine, qu'à partir de 1872, sa clientèle restant la la même, la consommation de ce médicament a augmenté dans d'assez grandes proportions. Témoin ce tableau :

En 1872.......................	210	grammes.
1873.......................	195	—
1874.......................	325	—
1875 (6 premiers mois)........	200	—

La directrice de l'École communale de Gennevilliers certifiait le 8 juillet 1875 que, depuis deux ans, beaucoup d'enfants fréquentant les classes avaient été atteintes de fièvres, les unes pendant quelques jours, les autres pendant des semaines et mêmes des mois.

MM. les docteurs Danet, Bastin et Désarènes, dans un rapport très-étudié, ont constaté que l'on rencontre dans les eaux des puits des mycrophytes et de ces algues indiquées par M. Gérardin comme ne venant que dans les eaux fortement chargées de matières en décomposition et qui, selon M. Salisbury, se retrouvent toujours partout où règnent les fièvres paludéennes.

Enfin, M. le docteur Villeneuve, dans un rapport présenté au Conseil général de la Seine, prend en grande considération les observations précitées.

Voilà les faits tels qu'ils ressortent des dires des habitants de Gennevilliers.

Pour la commission technique « la création et l'accroissement « du village des Grésillons, situé au milieu des irrigations et où « aucune affection spéciale ne s'est produite, est la meilleure « preuve de l'innocuité du système », et plus bas : « La surélé- « vation de la nappe souterraine n'intéresse à aucun titre le prin- « cipe même ou le résultat hygiénique de l'opération. » Ainsi tous les faits énumérés plus haut sont comme non avenus.

Pour la ville de Paris, liée par les conditions de son traité, ils devaient avoir une grande importance : ou bien les irrigations étaient nuisibles et alors c'était la condamnation de son système et l'abandon de la solution de son difficile problème avec toutes les dépenses déjà faites. Ou bien l'innocuité de ces irrigations était certaine, et alors elle était autorisée à poursuivre ses travaux dans la voie commencée. C'est dans ces conditions que la ville de Paris délégua le docteur Georges Bergeron, pour lui rendre un compte précis de l'état sanitaire de Gennevilliers, et juger par là si les plaintes des habitants étaient fondées.

M. le docteur Bergeron a parcouru pendant plusieurs jours de suite la plaine de Gennevilliers. Le premier résultat de ses visites fut de constater que les employés de la ville de Paris et les habitants des Grésillons ne formulaient aucune plainte sur leur état sanitaire. A vrai dire on aurait été surpris qu'il n'en fût ainsi ; employés de la ville de Paris et habitants des Grésillons, étant évidemment intéressés, à ce que les choses restent en l'état. Poussant plus loin ses investigations, M. Bergeron a trouvé un certain nombre de malades ou de personnes l'ayant été, et ces personnes au nombre de 27 étaient toutes groupées « dans un « coin du pays, très-près des conduites d'égout de la commune et « de la mare dite d'évaporation, très-loin des Grésillons. » D'où il devait naturellement résulter pour M. le docteur Bergeron, que la cause des fièvres intermittentes observées résidait dans l'influence de ces mares et de ces égouts, et non dans « l'irrigation du « territoire des Grésillons par les eaux d'égout de la ville de

« Paris, qui n'ont pu donner la fièvre aux habitants de Genne-
« villiers (1). »

Il y a là une erreur manifeste ; la mare dite d'évaporation est à
environ 800 mètres du village, et le commencement des irrigations
n'est pas à 250 mètres. Et puis, n'est-il pas surprenant, alors
qu'il s'agit de prouver l'innocuité des eaux d'égout de Paris, de
faire jouer un rôle au point de vue de la production de ces fièvres,
aux eaux de même nature émanant en quantité relative si faible,
de la commune de Gennevilliers. Mais hâtons-nous de dire que
nous professons pour la personne de M. G. Bergeron la plus
grande estime, et que nous tenons sa science en haute considération. Aussi espérons-nous qu'il ne verra rien qui puisse person-
nellement le toucher dans l'examen rapide que nous allons faire de
son rapport.

Sa mission à Gennevilliers était la conséquence surtout des
attestations délivrées par les médecins de la localité et du rapport
rédigé par les médecins étrangers. La ville de Paris voulait sa-
voir si ces attestations reposaient sur des faits réels, bien observés;
elle s'assurait le savant concours de M. le docteur Bergeron et
l'envoyait en quelque sorte en consultation, pour apprécier la gravité d'un cas pathologique. Que fait en cette occurrence le médecin,
quelques grandes que soient sa réputation et sa science ?

Son premier soin est de se mettre en rapport avec le médecin
traitant ; de prendre auprès de lui toutes les informations con-
cernant le cas à observer, puis après examen direct, il formule son
opinion, qui a d'autant plus de poids, qu'elle se base non-seulement sur cet examen, mais encore sur l'ensemble des antécédents.
Cette manière d'agir a le double avantage de concilier les conve-
nances confraternelles et les intérêts de la question à juger. M. le
docteur Bergeron a-t-il agi ainsi? Malheureusement non, et dans
son rapport il ne fait pas même allusion aux opinions exprimées
par ses confrères; il paraît en ignorer l'existence. Ces messieurs
ont suivi jour par jour la marche des fièvres qu'ils ont constatées
et traitées, ils ont vécu au milieu de leurs malades, ils peuvent
fournir au médecin consultant de précieux renseignements ou tout
au moins les éléments d'une discussion contradictoire. M. le docteur
Bergeron trouve ces renseignements superflus, cette discussion

---

(1) Rapport du docteur Georges Bergeron.

inutile, et, accompagné de MM. les Ingénieurs du service, qui doivent avoir le légitime désir de voir leur œuvre aussi parfaite que possible (1), il juge, tout seul, cette importante question, d'où doit dépendre non-seulement le sort de Gennevilliers, mais encore celui de tous les pays que la ville de Paris veut placer dans les mêmes conditions. Aussi en est-il résulté certains désaccords qui enlèvent à son œuvre une grande partie de son autorité. Tandis qu'il n'a pu prendre l'observation que de 27 malades, ses confrères de la localité et les membres de la commission, en ont relevé 69. Il établit une certaine relation entre les lieux d'habitation des 27 malades qu'il a observés et la cause des fièvres qu'ils ont eu. Mais ne sommes-nous pas forcé d'admettre que les 46 malades négligés par lui doivent venir infirmer ses conclusions déjà si fragiles par elles-mêmes.

Au rapport de M. le docteur Bergeron sont annexés un certain nombre de plans et de pièces à l'appui, d'une exécution remarquable ; parmi ces dernières nous ne voulons relever qu'un petit détail, mais à nos yeux il a une importance réelle. Dans le tableau des signataires des certificats constatant l'innocuité des eaux d'égout, — ils sont 52 et le chiffre de la seule population de Gennevilliers est de 2.074 habitants ! — Nous trouvons cette mention en face du nº 27 : « Habitant et propriétaire de « Gennevilliers depuis quatre ans, déclare qu'il a *toujours mangé* « DE PRÉFÉRENCE *les légumes provenant des eaux d'égout*, etc. » Cet honorable propriétaire qui vient tout seul certifier qu'il mange de préférence les légumes à l'eau d'égout, nous paraît être dans une question aussi importante, un bien faible et bien singulier argument ! Dans le rapport du docteur Bergeron, pas plus que dans les pièces annexées, il n'est question des docteurs Perrier, Joulies, Bouts, de M. Roy, pharmacien, des docteurs Bastin, Danet et Désarènes, du docteur Villeneuve, membre du conseil général de la Seine, mais nous y trouvons relaté tout au long le goût si extradinaire de ce seul habitant !!

---

(1) **Avec M. l'Inspecteur général Mille et M. l'ingénieur Durand-Claye**, nous avons visité toute l'étendue de la plaine, les mares et les tranchées pleines d'eau. Rapport de M. Bergeron, page 5.

Voir annexe 7ᵉ. Plan détaillé du village de Gennevilliers *avec indication des malades*. Certes il ne paraîtra possible à personne que ce plan si parfait d'exécution, ait pu être fait sans le concours de MM. les Ingénieurs.

Mais prenons la question de plus haut. Il existe dans la plaine de Gennevilliers des fièvres intermittentes à l'état endémique : M. le docteur Bergeron l'a constaté lui-même ; leur nombre s'est accru depuis les irrigations. Est-ce qu'en augmentant l'humidité du sol, on ne va pas accroître cette tendance ? Assurément le doute n'est pas permis. Ces fièvres, malgré les irrigations, ont été bénignes, la mortalité ne s'est pas accrue. Mais lorsque au lieu de chercher à assainir un pays, on vient, de parti pris, augmenter ses causes d'insalubrité, qui oserait répondre de l'avenir ? Jusqu'à ce jour la seule décomposition des matières végétales s'est fait sentir. Mais les eaux d'égout transportent autre chose que de l'humidité, elles emportent avec elles une quantité énorme de matières organiques animales. Si celles qui sont en dissolution peuvent jusqu'à un certain point et pendant un certain temps s'oxyder dans les profondeurs du sol, à la condition toutefois de n'y être pas répandues en quantités exagérées, il n'en est pas de même de celles que contiennent les vases et dont la fermentation doit se produire au grand air. Et nous savons que chaque mètre cube d'eau en dépose 1 kilog. 500 grammes. Ces vases, MM. les membres de la Commission mixte nous ont appris à les connaître. Tous les riverains ont noté leur odeur infecte, tous ont apprécié l'insalubrité des décompositions qui se passent dans leur masse par les chaleurs de l'été. Il nous serait facile de citer une foule d'écrits émanant d'hommes compétents établissant leurs propriétés nocitives. Eh bien ! ces vases si pernicieuses quand elles sont réunies en Seine, c'est-à-dire dans un lieu où règne constamment un courant d'air, par quel privilége singulier deviendraient-elles inoffensives, lorsqu'elles sont disséminées dans des canaux ouverts et répandues au milieu d'une plaine, où l'air est relativement calme ? Dangereuses ici, elles le seront également là. Du reste dans le rapport de la commission technique sur le projet présenté par MM. Ducuing et Brunfaut, nous trouvons cette affirmation, que les travaux constants de dragages exécutés dans le canal projeté « *seraient dangereux pour la salubrité publique.* » (M. Durand-Claye, rapporteur.) Et si le projet de la ville était exécuté, alors que toute une contrée serait gorgée d'eau infecte, que les plaines seraient sillonnées de canaux roulant une crasse immonde, qui pourrait affirmer qu'à un moment donné, sous l'influence d'une constitution médicale particulière, cette énorme décomposition de matières animales, ne pourrait produire de désastreux effets ! Pendant de longues années les habitants des pays placés dans de mauvaises conditions hygiéniques, vivent au milieu des foyers d'infection sans en ressentir aucun mal apparent ; mais un jour vient où une épidémie éclate et alors les populations décimées, payent de leur vie, leur fatale incurie.

Si un pareil foyer d'infection existait dans une région prospère, aux portes de Paris, tous les hygiénistes, toutes les municipalités, s'accorderaient à dire, qu'il faudrait y soustraire au plus tôt les populations. Vouloir le créer de toutes pièces, est une entreprise que condamne le bon sens, que la raison réprouve.

Aussi M. Belgrand à qui la haute direction des travaux de Gennevilliers avait été offerte, refusa-t-il de s'en charger, disant qu'il ne croyait pas au succès, *qu'il n'avait pas la foi.*

« Il ajoutait : dans l'état actuel des choses, aucun homme
« spécial n'oserait émettre une opinion sur le résultat probable,
« au point de vue de la salubrité, d'une opération qui consistera
« à répandre et à exposer à l'effet de la radiation solaire,
« 300,000 mètres cubes d'eau d'égout, sur une surface de quelques
« milliers d'hectares de terre. » (Mémo're de l'inspecteur général des ponts et chaussées, directeur des eaux et des égouts, 1875, page 37). Depuis, M. Belgrand a bien constaté que dans les terres perméables et arides, les eaux d'égout peuvent être employées avec de bons résultats au point de vue de la culture, mais il ne s'est nullement prononcé sur la salubrité de l'opération.

Cette réserve est éloquente.

Examinons maintenant la situation qui serait faite aux campagnes et aux villes, par le fait des irrigations à l'eau d'égout.

CAMPAGNES

En Angleterre la question de la culture par les eaux d'égout a été étudiée avec grand soin. On l'a appliquée à la grande culture des céréales, à celles des prairies, enfin à la culture maraîchère et au jardinage. Sans entrer dans le détail des diverses exploitations, les résultats généraux auxquels on est arrivé peuvent se résumer ainsi. Les céréales arrosées une fois ou deux, pendant leur venue, vers mars et avril, à la dose de 1,200 à 3.000 mètres cubes par hectare, ont donné un bon rendement en grains et en paille. Mais au point de vue de l'absorption des eaux d'égout, cette culture est insignifiante. Les betteraves irriguées aux doses de 2,000 à 4,000 mètres cubes par hectare ont donné des produits satisfaisants. Mais il a été reconnu que les betteraves soumises à une irrigation forcée, ne peuvent plus servir qu'à la nourriture des bestiaux, leur rendement en sucre étant insuffisant. Les pommes de terre sont de qualité inférieure, leur culture par le sewage a été abandonnée. Les prairies artificielles et notamment le ray-grass d'Italie, est la culture qui paraît le mieux réussir. Il est possible après une irrigation variable, mais dont la moyenne est de 22,000 mètres à l'hectare, de faire six à huit coupes par an, donnant un produit total de vert de 68 tonnes à l'hectare. Mais il ne faut pas oublier que l'on obtient du vert, c'est-à-dire un produit qui ne se conserve pas et dont la consommation est forcément limitée. De plus, inconvénient capital, la production s'épuise à très-bref délai, la plante est rapidement usée, et au bout de douze à quinze mois, il faut défoncer le pré et semer à nouveau.

Les diverses cultures maraîchères et le jardinage sont aujourd'hui les seules qui produisent des résultats sérieux. C'est à celles-là que les agriculteurs anglais se sont arrêtés.

A Gennevilliers, la grande culture par les eaux d'égout n'a pas été appliquée ; à peine des cultures en vert, surtout en luzerne et seigle, ont été essayées. Comme en Angleterre, c'est la culture maraîchère qui absorbe la plus grande quantité des eaux employées ; c'est elle qui constitue la culture des Grésillons.

Voyons comment les choses se passent : un champ, généralement fort petit, est pris en fermage par un cultivateur, il y trace des rigoles séparées par des billons assez larges pour contenir deux rangées de légumes, salades, pois, haricots, etc. La tête du champ est mise en communication avec une prise d'eau d'égout. Cette prise étant ouverte, l'eau s'épanche dans une rigole principale, puis gagne les rigoles qui séparent les billons, où elle circule. La prise d'eau est laissée ouverte, en général, tant que le niveau dans les rigoles n'atteint pas la partie supérieure des billons. A ce moment l'éclusette doit être fermée. Au bout d'un certain temps, l'eau disparaît, en partie par infiltration, en partie par évaporation.

et il reste dans les rigoles une vase noirâtre, de matières feutrées, qui devient grisâtre par la dessiccation. Le dépôt de cette matière, pour peu qu'il soit épais, a pour résultat de rendre imperméables les parois des rigoles.

Aux Grésillons, les avantages de cette culture sont d'avoir transformé en champs productifs, des terrains incultes ou à peu près, mais cela sur une étendue très-restreinte.

La proximité de Paris rend les produits d'un écoulement facile. Les maraîchers qui, en petit nombre, cultivent ces terres, peuvent et doivent y gagner leur vie.

Le tracé des rigoles, leur entretien, la direction à imprimer aux eaux, la surveillance qu'elles exigent, enfin et surtout, le grattage continuel de ces rigoles, afin d'empêcher l'imperméabilité, constituent une main-d'œuvre considérable. Cette main-d'œuvre n'est évidemment possible que dans une toute petite exploitation, où hommes, femmes, enfants de la famille s'occupent aux divers travaux.

Une des raisons qui s'opposeront à l'extension de cette culture et qui la tiendront en une infériorité constante, est que la culture des primeurs hâtives est impossible à l'eau d'égout. Que cherche surtout le cultivateur dans les environs de Paris ? La précocité de ses légumes ; la quantité passe après. Et de fait, il tire plus de profit d'une botte d'asperges ou d'un litre de petits pois, arrivant aux halles avant la saison, que d'une quantité double ou triple vendue en pleine récolte. Mais il faut pour surexciter la végétation, les couches tièdes du fumier et la chaleur permanente que développe sa fermentation. C'est ce qui explique pourquoi les quatorze maraîchers de Gennevilliers ont signé, le 25 juin 1875, une pièce dûment légalisée, qui constate qu'ils ne veulent plus se servir des eaux d'égout, ces eaux étant impropres à leur culture. C'est ce qui explique, qu'en mai 1876, le maire de Gennevilliers ait pu écrire qu'aucun cultivateur du pays ne se servait plus des eaux d'égout. La question est donc irrévocablement jugée par la pratique.

Enfin il existe encore une raison dont il faut tenir compte : c'est la répugnance qu'ont, la généralité des consommateurs pour les produits résultant de ce mode de culture. S'ils ne sont pas malsains, et nous savons que M. le docteur Lévy, dans son livre sur les engrais, en juge tout autrement, au moins peut-on dire qu'ils ont *mauvaise réputation*.

La culture maraîchère, la seule compatible avec les eaux d'égout,
est-elle possible en grand ? Les quelques détails dans lesquels nous
venons d'entrer, répondent à cette question.

La main-d'œuvre énorme, les soins incessants, sont des obsta-
cles insurmontables. Du reste, l'épreuve a été tentée : MM. Joliclerc
et Brüll, après un essai sur 7 hectares n'ont pas même voulu user de
la concession bien plus large à eux faite ; M. Hope, qui devait conti-
nuer cette exploitation sur une vaste échelle (400 hectares), n'a pu
la mettre à exécution.

La commune de Gennevilliers, par le traité qu'elle a consenti
avec la Ville de Paris, a fait bon marché de certains inconvénients,
qu'elle devait prévoir à l'avance. Ces inconvénients n'en ont pas
moins une importance réelle et nous devons en tenir compte, en
examinant la situation qui serait faite à nos campagnes.

A Gennevilliers, les routes, les chemins sont bordés par un con-
duit à ciel ouvert, dans lequel coule une eau noire et infecte et où
se dépose une vase plus infecte encore. De ces conduits, l'eau
s'épanche dans les champs, tantôt en nappes, tantôt dans des
rigoles creusées en terre ; le circuit tortueux de ces eaux puantes
a quelque chose de repoussant. Pendant les fortes chaleurs de l'été,
au lever du soleil, à son coucher, il s'élève de ces champs une
buée fétide. Est-ce que nos campagnes, dont l'aspect général est si
riant, ne doivent pas tenir compte de cette transformation si peu
à leur avantage. Mais, si pour certains cultivateurs, ces inconvénients extérieurs peuvent être légers, il en est d'autres, au contraire, auxquels ils doivent attacher une importance extrême.
D'abord, le soin de leur santé, de leur vie, puis celui de la santé
et de la vie des animaux qui servent à leur exploitation. Est-ce que
si l'eau de leurs puits est viciée et leur air corrompu, si leurs caves
sont inondées, si leurs terres se saturent de principes toxiques, la
santé générale du pays ne s'en ressentira pas ? Cette question a
déjà été jugée. Ils pourront, dit la ville de Paris, ne prendre des
eaux d'égout qu'à leur convenance. Mais si le voisin, dans un
intérêt quelconque en prend avec exagération, est-ce que les
inconvénients signalés n'existeront pas pour lui au même degré
que pour le voisin.

En résumé, la petite culture maraîchère seule est possible et
encore est-elle condamnée à une réelle infériorité, puisqu'elle ne
peut produire les primeurs. La culture maraîchère en grand,
impossible par diverses raisons, a été condamnée par l'expérience ;

enfin, la grande culture ne peut donner que des résultats insignifiants au point de vue de l'absorption des eaux d'égout.

Si nous considérons que les terrains ingrats sur lesquels la culture à l'eau d'égout a donné quelques résultats, ne se rencontrent heureusement que très-exceptionnellement dans notre contrée, la conséquence immédiate de toutes ces remarques, est que nos populations agricoles ne retireront de ces irrigations que de très-petits avantages, avec d'immenses inconvénients ; c'est ce qui justifie les protestations énergiques de ces pays.

VILLES

Aucune ville de la contrée n'a une industrie sérieuse.

Les habitants achètent au dehors toutes les denrées dont ils ont besoin, toutes les choses usuelles de la vie. Ils n'exportent rien, ni produit naturel, ni produit fabriqué. Il est clair que si cet état de choses durait quelque temps, ces villes, donnant toujours, ne recevant jamais, seraient bientôt réduites au dernier dénûment. Heureusement, elles sont agréablement situées, elles sont voisines de grandes forêts, de côteaux gracieux, de sites charmants ; leur air est pur et salubre. Aussi sont-elles recherchées des Parisiens et des étrangers, dès que vient le beau temps. Beaucoup s'y établissent et y deviennent propriétaires. C'est ce qui explique l'extension si rapide de quelques localités, telles que le Vésinet, Maisons-Laffitte, etc. Les habitants leur cèdent leurs demeures et leur vendent les denrées dont ils se sont munis. C'est là l'industrie de ces villes. A Elbeuf on fait du drap, à Saint-Étienne on travaille le fer, à Saint-Germain, à Maisons, au Vésinet, à Poissy, on exploite l'air, les sites, la campagne. Ce sont des *villes d'air*, comme tant d'autres sont des villes d'eau. Aussi, les habitants se sont-ils organisés pour cela. Leurs maisons, vides en hiver, sont parées pour le riche étranger qui y viendra l'été. Dans les villes où on tisse le coton, le fabricant emploie ses économies à augmenter le nombre de ses broches ; dans les villes qui nous occupent, le commerçant emploie ses économies à augmenter le nombre de ses immeubles à louer. C'est ainsi qu'il étend son outillage. Ces villes prospèrent en même temps que les étrangers sont heureux de trouver à la porte de Paris, un abri qui les attend.

Nous le demandons : est-il juste, est-il équitable, est-il possible enfin, de venir, d'un seul coup, ruiner cette contrée, en chassant le seul élément qui la fasse vivre ? La couvrir des déjections de Paris, n'est-ce pas tarir à tout jamais la source de ses revenus. Si l'étranger vient à Saint-Germain, à Poissy, à Maisons, au Vésinet, etc., ce n'est certes pas pour la ville, mais pour la forêt, mais pour la campagne et son air si pur. Quand il rencontrera de l'eau d'égout dans la forêt, de l'eau d'égout dans les champs, de l'eau d'égout partout, il se hâtera de fuir cette contrée hideuse et les fétides émanations qui s'en dégagent.

Interdire la fabrication du drap à Elbeuf, le travail du fer à Saint-Étienne, priver Vichy de ses eaux, sous prétexte de favoriser la solution d'un problème de salubrité à la ville de Paris, c'est faire une supposition, heureusement inadmissible, même dans le cas d'une réussite certaine. Eh bien, telles seraient pour toute une contrée les conséquences de ce projet, s'il venait à se réaliser, et cela sans espoir d'atteindre le but poursuivi.

Habitants de Saint-Germain, nous devons faire intervenir dans cette discussion, un argument tiré de l'histoire récente de la ville même. La préoccupation constante de l'administration de cette ville, a toujours été d'attirer dans son sein, cette population flottante, qui constitue le principal revenu de la population qui travaille.

La salubrité des environs et particulièrement de la forêt et de la Terrasse, a de tout temps éveillé à bon droit son attention. Jusqu'en 1855, une partie des eaux d'égout, du côté nord de la ville, s'écoulait dans la forêt ; ces eaux se réunissaient dans quelques réservoirs naturels : c'était une servitude de la forêt. La ville de Saint-Germain, l'administration des forêts et la compagnie des chemins de fer de l'Ouest, s'imposèrent une dépense commune de 75,000 fr., pour changer cet état de chose et conduire dans la Seine cette fraction minime d'eau d'égout. La liste civile versa 20,000 fr. ; la compagnie des chemins de fer de l'Ouest, 25,000 fr. ; le reste fut supporté par la ville de Saint-Germain. Dans le rapport de la commission nommée à l'effet d'étudier cette question, nous trouvons notamment cette phrase :

« La ville de Saint-Germain a un intérêt incontestable à voir
« disparaître les marcs de la forêt, c'est le moyen de rendre son
« séjour plus agréable, c'est le moyen de faire cesser une cause
« d'incommodité de nature à nuire, jusqu'à un certain point, à la
« salubrité locale. »

N'est-il pas singulier qu'à vingt ans de distance, après de tels sacrifices, la ville de Saint-Germain soit menacée de voir la forêt inondée par les eaux d'égout de la ville de Paris ?

PEUT-ON ESPÉRER ASSAINIR LA SEINE ?

Mais la ville de Paris n'a-t-elle pas un moyen de résoudre ce problème : Assainissement de la Seine par l'utilisation agricole de ses eaux d'égout ? Si, dans une question de cette importance, il nous était possible de dire notre avis, nous n'hésiterions pas à répondre affirmativement. Les expériences par épuration chimique, avec production considérable d'engrais, n'ont certes pas dit leur dernier mot.

Des hommes honorables, des compagnies sérieuses, prétendent être en mesure de désinfecter la Seine, et cela dans des conditions économiques excellentes.

Les propositions les plus précises en ont été faites à M. le Préfet de la Seine.

D'autre part, Ducuing, ancien membre de l'Assemblée nationale, a présenté, à la date du 5 mai 1875, à M. le Préfet de la Seine un projet ayant pour but d'assainir complétement Paris, en même temps que la Seine, projet intitulé : « *Conduite des eaux d'égout et des vidanges à la mer.* » Ce travail a été soumis aux délibérations de la commission technique, et apprécié dans un rapport spécial de cette commission. Ce rapport, qui conclut au rejet du projet, ne se fonde sur aucune impossibilité matérielle : il critique le mode d'exécution, il apprécie défavorablement les résultats financiers; mais l'*idée reste.* Que MM. les Ingénieurs des ponts et chaussées, que MM. les Ingénieurs de la ville de Paris, reprennent cette idée; elle est digne de leur haute capacité et de leur dévouement à la chose publique. Que leur manque-il pour la mettre à exécution? Des capitaux. Que la ville de Paris demande ces capitaux à la France ; qu'elle lui réclame deux fois seulement ce que l'Opéra a coûté, et ce grand projet sera à jamais réalisé.

Après avoir rendu la ville de Paris si plendide par ses charmes extérieurs, ils en feront la ville la plus saine par la bonne organisation de son système viscéral.

Si cette idée était mise en pratique, le système des vidanges a l'égout, adopté à Londres et dans d'autres grandes cités, et sans laquelle la salubrité d'une ville n'est que relative, se ferait peu à peu. Les villes riveraines, les usines, pouvant être contraintes alors à observer la loi, profiteraient du passage du collecteur. Sur cet immense parcours on trouverait des terres à irriguer, mais dans de sages mesures ; on y trouverait des terrains propres à y établir des bassins de décantation, où pourraient être recueillies les matières que l'agriculture n'aurait pu utiliser en nature ; puis, l'eau d'égout, à peu près épurée, emmagasinée dans de vastes réservoirs pendant la marée montante, serait emportée par le reflux.

Est-ce que la dépense de la ville de Paris ne serait pas compensée par les recettes résultant du produit des vidanges, du produit des engrais à l'état liquide ou solide, par le droit à faire légitimement payer aux particuliers et aux villes qui déverseraient dans le collecteur leurs eaux polluées ; par les dépenses qu'elle n'aurait plus à faire, le dragage entre autres. Et quels services de toutes sortes rendus à l'hygiène publique, à l'alimentation, au commerce, à la navigation !

N'est-ce pas là une idée, dont la réalisation, si féconde en ses résultats, doive tenter, aussi bien la municipalité de la capitale de la France que l'émulation de nos ingénieurs !

En terminant qu'il nous soit permis de rappeler les paroles si sages de M. Vauthier, rapporteur de la sixième commission du Conseil municipal de Paris : « *Le problème de l'assainissement* « *urbain implique donc une condition essentielle, celle de ne pas* « *nuire à ses voisins.* C'est là un principe d'ordre public et privé, » (page 4). Ce principe n'est pas seulement écrit dans le rapport de M. Vauthier, il est dans la conscience de tout le monde, aussi MM. les conseillers, avant de voter la réalisation d'un projet dont nous avons démontré l'impossibilité pratique, aussi bien que les dangers, se rappelleront que toutes les populations intéressées protestent contre ce projet ; ils ne voudront pas, par leur vote, consommer la ruine matérielle de toute une contrée, et créer, du même coup, un immense foyer d'infection, aux portes de Paris.

RÉSUMÉ ET CONCLUSIONS

Il résulte de l'ensemble du travail auquel nous venons de nous livrer, que :

1° Le principe de l'épuration des eaux d'égout par l'action combinée du sol et de la végétation (irrigations), vrai en théorie, ou quand il s'agit d'une utilisation très-restreinte, ne peut s'appliquer efficacement à une quantité d'eau comparable à celle que débitent journellement les égouts de Paris;

2° Les expériences instituées à Gennevilliers établissent, d'une manière indiscutable, que les quantités d'eau absorbées, qui auraient du être de 90,000 mètres cubes par jour, depuis 1873, et de 150,000 mètres depuis 1875, varient entre 20 et 25,000 mètres cubes, et cependant les fonds votés pour obtenir ces résultats ont été complétement employés ;

3° Cette absorption si restreinte des eaux d'égout, si peu en rapport avec celle que l'on voulait obtenir, a montré cependant les inconvénients sérieux du système, tant au point de vue de son *incommodité* que de son *insalubrité ;*

4° Les campagnes dans lesquelles l'irrigation serait propagée, n'en retireraient que de très-petits avantages et d'énormes inconvénients ;

5° Le sort des villes situées à proximité des irrigations serait fort compromis : ces villes tirant leurs principales ressources des étrangers qu'y attirent leur situation agréable et l'air pur des campagnes environnantes ;

6° La ville de Paris, en échange de dépenses considérables, peut, dès maintenant, être assurée d'un résultat très-incomplet.

L'intérêt de l'hygiène publique, l'intérêt de ses finances aussi bien que celui de toute la contrée désignée pour subir ces irrigations, sont que le système proposé soit abandonné.

Les habitants de ces contrées se permettent de recommander à l'attention de la municipalité de Paris, soit le projet Ducuing, revu avec les améliorations qu'il comporte, soit les divers procédés d'épuration chimique, dont certes le dernier mot n'est pas dit.

TABLE DES MATIÈRES

PREMIÈRE PARTIE

DEUXIÈME PARTIE

Saint-Germain. — Imp. Th. Lancelin, rue de Paris, 27.